井迎兆幻異詩文集

天使臉上的口水

井迎兆 著

前言

對美的思索是一種心境，經過淨化過程的心靈狀態。

「世界不是缺少美，而是缺少發現美的眼睛。」

——奧古斯特．羅丹（Auguste Rodin，1840-1917）

美是一種細心搜尋的結果，由探險家的態度，欣賞者的眼光，所成就的造詣。

美的本身沒有工價，發現才是最大的報償，並在執行中體驗創造的樂趣。

自然是美的源頭，所有精心的雕琢都隱藏於無形，像出自於自然。

美有淨化的效用，因為所有的摻雜都會因無法融入而顯得突兀。

美是一種和諧的包容，使你產生愉悅的度量，忘卻來自現實的缺陷。

美無法以規律規範，但其中似乎隱藏了規律。
美使人心曠神怡，不美令人心煩。
美不用理由，醜才需要不斷的解釋。
讓真實幻境渲染虛擬人生。

「接下來！你將體驗前所未有的閱讀經驗」
「讓　圖像　詩　散文　小說　文學與影像混搭的實驗場域來震撼你的感官吧！」

新詩卷

散文卷

小說卷

新詩巻

古戰場的喧嘩

我在極熱乍涼的夏天
登上殺戮達人的劇場
卸裝演員在我腳下躲匿
窮兵黷武的寫實劇
代代準時上演
急切將軍的盔甲塵土飛揚
戰亂士兵的草鞋窸窣
疾速穿梭在古老的時光榭台
峰煙起箭袋裡的利箭　箭箭　消滅
耳邊風聲颼颼寂滅
蜿蜒的歷史皺摺
我能打開多少
峰樓間隱藏的劇目細節
我能偷窺多深
乘著雲端飛到長城的峰口

站在歷史齒輪的峰巔
足以瞻前顧後穿越時空
甚至回望已經隱沒的群巒
如已長眠瞌睡的觀眾
像依稀聽見
曾經重複出現
但終究已經隱沒的
鏗鏘
聲聲落在虛無飄渺間
下山間舉步維辛
向天舉日呼哮靜謐的長空
古人在乎
心鼓盪　情也不失昏紛瘋憤
遠舊前人的眾聲喧嘩
隱沒在諱莫如深的灰色牆垣中
而我尋他不見

世界花語雲影

能形容世界的美
需有能撥雲的眼
能開自閉的眼
需有美麗的心

世界如何變化
雲影如何流轉
全在瞳中成形
有人從天墜落
有人雲裡升起
有人包藏黑暗的心
有人有澄澈的眼

霧裡藏著花朵
花語舞弄雲朵

世界如雲影流轉
人念如燈心明滅
雲舞　花朵　世界
世界　花語　雲影

人類有臉

人類有臉
天地有面
溝通管道
靈魂出口

你看我臉
我瞧你面
心底奧密
全覓臉後

世有萬象
流形表態
人心億種
卻囿於面

笑引歡樂
淚顯憂愁
若要人喜
多有笑臉

人雖有臉
卻常破顏
逼得天眼
也來露臉

天空的臉面

從宇宙大爆炸到現在
以及仍在延展的未來
我們如何計算人的時間質量與重量
宇宙雖大我身雖小
大者難使小者足
人說如果我們在一億年內無法發現適合移民的星球
也許我們都將走向毀滅

宇宙大爆炸後幾百萬年
星體持續產生質量密度與重量的變化
銀河系內有數十億顆行星
每顆行星都具有孕育宇宙原始生命的可能
到底是演化規律選擇了我們
還是我們選擇了生命
銀河系內存在著數十億顆行星

是做我們生存的場域
或是限制我們生存的領域

二〇〇四年我們發現巨蟹座55e行星
體積是地球的兩倍可以裝兩倍的地球人種
被稱為超級地球行星但不適合人居
環繞一顆距離地球四十一光年的恒星運行
自轉一周僅相當於地球十八個小時
然而行星並非永恒不變
它們可能以離奇的方式毀滅
或者可能在時間裡完全蒸發

數量極少的系外行星有可能潛藏生命
科學家指出適宜生命形成的條件比生命倖存的條件更為苛刻
可能具有宜居性的行星並不能孕育生命

所以我們必須尋找人類能夠存活的星球
並在這顆星球上建造殖民基地
這些知識充塞我們的腦筋
而我們對生命的意義仍然掩面不看

基於我們對宇宙的了解認識
能夠孕育生命的星球需要具備水和大氣
以及一個穩定的軌道且距離主恒星很近
可獲得充足的熱量保持氣候的溫度
除了滿足這些苛刻條件
還需要符合其他無數個變數
才能保證像地球生命一樣進化繁殖
這顆星球才能成為適宜的居住家園
然而只是居住猶如蟻穴
又怎一個悶字了得

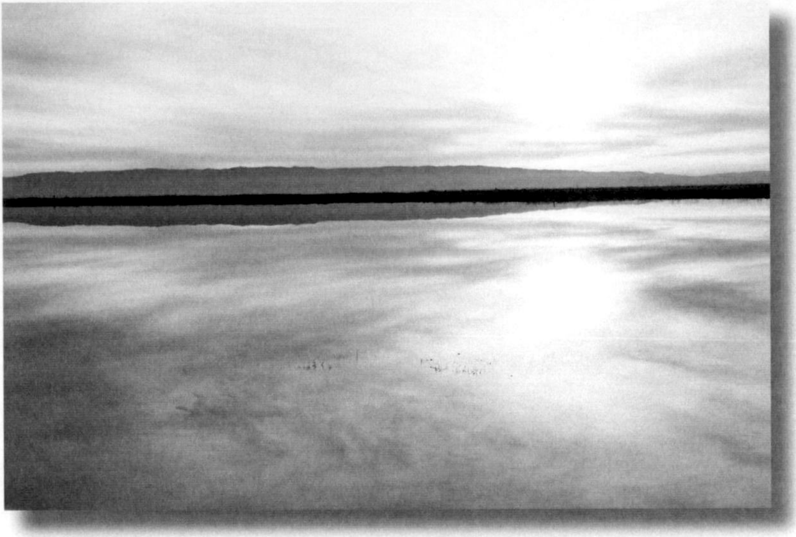

我們極盡所能地研究宇宙
憚精竭慮地思考未來
對於我們本身有誰來看
天上規律是誰創造
透過宇宙能看多少自己
思量多少人的內裡
關於我們對於系內系外行星的理解
到底有助於我們製造多少快樂
解決多少信念衝突問題
因為至終超級星球也要在未來一億年前瓦解

所以仰看天空臉面挺有意義
挽救我們沈淪在毀滅之思脫離無望之想
除了思量關於今天
並且醞釀每個明天

叫我們終能怡然自得
活在天空之下
地上之上

七條排隊返家終於窒息的魚

山洪過後
潭裡的水混濁了
被沖走的魚一直沒法回家
想家的魚回不了家
因為回家的路斷絕了
回家的路乾涸了
山洪既過
被沖離家園的魚開始組隊回家
嗅尋回家的路程
在剩餘的混水中殘喘
因為看不見方向
潭裡的家鄉味
是牠們最飢渴的想念
雖然混濁也要猛飲
積蓄最後的能量

預備一躍龍門認祖歸宗
儘管潭水滋味不再美妙
死也要榮歸故里
拼命爬滾千流萬壑
吸乾最後一滴氧氣
拍打最後一片肚白
潭內美景即將映現魚眼
回眸飲下最後美麗恨意
七條排隊返家的魚
終於窒息倒斃曠野

金碧的光閃

——教書有感

知識大樓的外牆
閃耀金碧懷舊的光斑
揮灑幾十年的讀書聲響
是累代學生的記憶
凍結而發亮的色彩

每天有排隊回家的雲
帶著驕陽的心態
開懷展露夢的前景
拋擲青春的歲月
享受悅動的心情

黑髮連綿與白冠交織
原是不悔的豪壯
宛歷世紀的波折

日日灌溉的雲雨
煉淨百年的樹人

天地花朵的飛揚
豈止單一的夢想
委身教學的相長
濯足萬里的徜徉

舉目望天的胸膛
光照小我的肚腸
天天上學下學的憂苦
翻轉乾坤的思想

老師好像

當老師好像永遠長不大的孩子
每天玩著相同的遊戲
學生有時像遊戲的骰子起起落落
進進出出
坐下聆聽一小節豪語裊音
話如窗外雨滴催眠
亦有如空山浮雲使人失迷
瀟灑進夢鄉
把青春抛甩
老師若夢學生換角
一年一屆一屆千人
當學生一個一個地離開像火車進站出站
老師恍見一個一個乘客
從教室裡進進出出

教室若舞台
師生是演員
學生上台下台　老師台上台下
一直上演著同一齣戲
學生老師互相對望對忘
彼此交換著角色
戲有終場時候
學生離場像到站下了車的乘客
走出車站消失無蹤
唯有老師流連教室周圍
品嚐一人
踏遍千人足跡的滋味
像永遠長不大的孩子

貓與影子的對峙

有一天
冷得足墊發僵的貓
在夕陽的光中遇見自己的影子
如斷腸人在天涯
在背脊遂漸發熱之際
與影子展開一場猜忌與冥想的對弈
貓凝視牆上的影子
發出餓虎撲羊的電波
影子屏氣凝神匍伏備戰
貓看影子的出手
影子學仿貓的樣式
寧靜之間
招式已過
你來我往
刀光劍血

紅眼土臉難分軒輊
貓顧左右而言他
影子展開逆襲
瞬間飛鏢祭出
貓回頭一閃
只見鏢劃眉而過遁入雲間
貓大嘆這怎了得若命喪影子手
不如歸去來兮離開沙場
思忖片響如度千年
終於
貓離開了自己的影子

憤怒何價

當我們憤怒時　我們會不會失去理性
把正邪顛倒、黑白不顧
一味殺敵洩憤　追求報復
但憤怒從何而來　為何如此擾人
叫人失格　滅了良心
憤怒無法成就公義　只是證明惡性循環的公式
憤怒製造報復　報復製造憤怒
憤怒像是情緒的情婦　原渺小猶如星火
常撩動心坎　叫眼睛明亮
幾經挑逗撩撥　星火也可燎原
憤怒可以毀滅任何主體
敵我雙方　不分你我
頂天個人　立地家庭　完整國家　甚至宇宙
兩敗俱傷　魔鬼獨利
真是昂貴商品

價格看漲不跌
面對憤怒　應當如何
目中有人　心中有神
為人犧牲　赦免敵人
然而　誰幫我們解消胸中怒火　補償損失
逝者已矣　失難復得
光是憤怒　引火自焚
愛是最大補償　神是終極拯救
世界紛爭　真理公義　何時成為你我安逸
武力強權　恐怖主義　怎能叫人安息
自神造人　累代積年
仇殺紛爭　豈有寧日
我們憤怒因我們遭遇錯待
我們憤怒因我們蒙受損失
我們憤怒因世界並不公平

然而世界何時有過公平
當我們離棄神在伊甸警告
放膽吃了善惡果子
魔鬼便在我們肉裡心裡
找到合法身分地位
整日餵養我們憤怒食物
使之茁壯宛如巴別巨塔
我們就陷入紛爭沒有寧日
終於憤怒成了魔鬼籌碼篩子
天天在我們心裡肉裡
擲甩滾動
把我們篩離和平
又怎一個損字了得

關閉的湖

關鎖的園子
禁閉的井
圍住新鮮的愛情
園裡鴿子振翅
圍爐話冬
湖上野鴨劃足
杆影流動
斜陽溢彩
離鄉伴侶相隨
偶遇佳偶相依
臨行秋波相送
怎嘆歸期綿綿

散文卷

換一個角色作自己

我每年都要到美國兩次，早些年是為了看朋友，後些年為了看兒子，以及寫書。

對我而言，到美國不能算是旅行，因為沒有人會每年重複到同一地點旅行兩次。除非他不得不這麼作，要不就是那地方太吸引他了，以致讓他一年非去兩次不可。要不就是他極度缺乏想像力。

對我而言，到美國都不是上述的理由。最早是因為我去美國留學，畢業後在美國工作。後來回台從事教職。每年寒暑假得空就前往美國探視親友，久了就成了習慣。中間曾想中斷，但慣性的力量似乎大過於中斷的慾望。我既沒有非去不可的理由，也不承認自己缺乏想像力，只是到了時間，我就自動辭別我的家人、工作、居所、教會朋友，踏上旅途，前往相同的異地。過一段我所熟悉的異地生活。十幾年來，始終如一。

回想過往，我所翻譯的書和自己所寫的書，至少有一半是在美國完成的。長久下來，美

國似乎成了我閉關寫作的場所。所以，每當我想進入寫作的流，或有寫書的任務要完成時，自然就會將它安排在赴美的期間去執行。因此，赴美對我似乎帶有雙重意義，踏上飛機的那剎那常啟動我解放與壓力的矛盾感受。一方面，完成寫書任務是何等令人期許的興奮。另一方面，預期中撰寫的難度與壓力，又在在令我心悸。

每半年我就得換一次時差，每一次從時差裡掙扎出來，就像是重生了一次，迫使我用新的眼光看事物，用新的嗅覺呼吸。於是我對陳舊的事物又產生新的感覺，每條街道對我都耀眼發光。沈澱在心底的許多灰塵，都像振翼起飛的螢火蟲，在我眼前亂舞。有人說：「旅行是一種態度，一種看世界的新方式……。」我可以感受旅行帶來的情緒衝擊，像黎明前的混沌，也像陽光普照的清明。沒有晦暗的幽冥，就沒有日照的清明。經歷一次的黑暗，就對明亮的感覺更為敏銳。

我可以不去旅行，但我卻不能不換個時差。我可以不去美國，我卻不能不離開本位。換一個角色作自己，換一個角度看自己。

永遠的田場

今天早晨帶著渾身酸痛的肌肉醒來，吃力地爬起，坐直在床邊，雙腿像鉛塊一樣沈重地被地面吸住。

兩天前，不知為什麼，一下飛機，回到了家，就很自然的走到院子裡，看著有些區塊蔓生的雜草，逐漸掩蓋果樹和蔬菜的根部，心中便興起一種被侵犯的感覺，像是蚊子蒼蠅飛到房間裡嗡嗡作響一樣惱人。在完全不自覺下，我手中已拿著鏟子，赤手鏟起草來，鏟不起來的，直接用手拔了起來，力量不知不覺地從我的身體散發出來。我感受到除惡務盡的滋味，同時，我身體的力量，也快速耗竭。沒多久，工作沒完全做完，當我要站起身來時，發現雙腿竟酸得像連續做了二十個交互蹲跳一樣的僵硬和酸痛。心中有種除惡未盡身先軟的感受，不得不暫時放棄，打道回房。

農夫的身體就是這樣鍛鍊起來的，我想。長時間的日曬雨淋，在田野裡以堅貞的意志，如蜘蛛織網般的專一態度，只做那一件事，為了收成，不擇手段，一步一腳印地，犁田、播種、施肥、除蟲、澆灌，然後收穫。接下來，重新再來一次。如此，週而復始地，春耕、夏耘、秋收、冬藏，意義上，就是一幅蜘蛛織網的圖像。

我，當然不是農夫，只是看見土地和植物，就不免有種生長的意象在我裡面滋生。我渴望看見植物生長，每天都有新的變化，至終長成大樹，結出果實，供人享用，這是多麼令人興奮的事。所以，當我看見妨礙這事發展的事物，就要義憤填膺，起而攻之了。除雜草，是我看見菜園，首要會做的事，絕不給仇敵留任何地步。

當然，這麼做，一定有個期盼，就是收成。收成是多麼美好的事，像一直在織網的蜘蛛，在長久等候之後，終於有隻蟲入網，可以大快朵頤一樣。畢竟，吃辛苦的收成物，是最令人滿足的事啊。

當我體力漸漸恢復，我又來到園中除起雜草來。兒子從一叢大葉菜叢中摘了一支碩大菜瓜，興奮的大喊大叫：「哇！你猜這瓜有多大？」他帶著嬉笑的表情，把手藏在背後，瞬間從後面抽出一支粗細如我的手臂，長度如我的手肘一般大小的綠瓜，我們都驚訝的大笑。我想，這種喜悅，有點像是釣到了大魚般的喜樂。

今天，兒子邀請了一群年輕人來家裡potluck（分帶合食）聚會，他開始在菜園摘菜葉，在菜葉中把蟲剔掉，準備做一道生菜沙拉，這事也令我高興。因為他是自食其力，自己種菜自己吃，還能分享給人。有土斯有財，這話不錯。然而，若能從土地中吃到你所種的，那種快樂是筆墨難以形容的。事業，從某種角度來說，就是每個人的田場，是你天天耕種的地方，勞心勞力，不辭勞苦的地方。然而，人際關係、婚姻、家庭與家園，又何嘗不是呢？是需要你投注畢生精力，而且永不能放棄的田場。

我一人在房裡，嚼著兒子今年種的生菜葉，一種青澀的菜香，沁入我的上膛。我暗暗地笑了。

午睡的狗

我有個忘年之交有次告訴我，他在一次騎摩托車時，從後照鏡驟然看見一隻巨貓。那隻貓臥在一輛摩托車上，身型像頭水牛一般巨大，有棕黃色的毛。當時，我朋友心頭一驚，帶著恐懼的心情回頭檢視。竟是真的，一隻巨貓正睜著雙眼望著他，而且那兩個圓滾滾的黑色瞳孔，會逐漸放大，直到充滿整個眼珠。這事發生得太快，當我朋友再次要確認他所看見的影像是否真實時，他的摩托車仍在前行，他再次回頭，角度略有變化，那巨貓竟一溜煙地瞬間消失了蹤影。

有一天，我拿著試題要去印刷廠印考卷時，經過一個樹林，旁邊有個區域是給人抽煙的地方。有幾個年輕學生坐在椅子上抽著煙，感覺好像有愁苦要抒洩的樣子。然後，一轉彎我看見四隻黑狗睡在旁邊建築物的走廊上，牠們好像同一家的兄弟，體型相當，各自佔據一個角落平躺而睡，姿態安詳。我在牠們旁邊停下，站立了好一段時間，定睛看著那四條黑狗，

想著牠們為什麼在這兒睡覺？牠們是怎麼約定的？牠們會不會消失。我把頭轉開，看看有無其他人注意牠們。沒有，並沒有任何人往我這個方向看。我再次回頭看牠們，牠們還躺在那兒，沒有消失。

然後，我從側邊走到建築物裡去辦事。出來時，我看見五條狗在一起睡覺，也是各佔據一個角落，互不相犯。這次是從另一個角度觀看，因此多了一隻狗。這五隻狗睡得一樣安詳，那情形好像從去年冬天就睡到現在似的，現在已經是春天的尾巴了，看來仍然沒有醒來的跡象。我不禁遐想著，牠們是怎麼約定一起入睡的？為什麼沒有一個守衛，可以警示睡著的狗兒該醒來的時候？牠們是同時睡著的？還是有先後的順序？我把頭甩開，注視遠處有人走動，但不是朝這方向走來。我再回頭，五條熟睡的狗仍然沒有消失。

於是，我轉身走開，沒有再回頭察看牠們存在與否。畢竟，我們所見的事物，反映了事物的狀態，或曾經存在的

狀態，宛如長時中的一瞬，短暫中的永恆。然而，我們所見的，是不是事物真實的狀態和意義？從什麼樣的角度，才能洞見事物真實的存在和意義？我們所看到的，是否僅止於表面？而我們所看不到的，才是我們應該看到的？

我再度轉身離開後，在經過那一片可以抽煙的林地時，我看見一位美麗的少女，獨自坐著抽煙，心想，為什麼這麼年輕貌美的少女需要吸煙？她年輕的肺臟和大腦，需要尼古丁所帶來血脈的賁張和短暫的暈眩嗎？她真的需要這種傷身又致命的精神解脫嗎？我稍走離那片林地後轉頭眺望，希望再看看那美麗少女的背影，只是角度已經偏離，我竟已看不到她的身影，心中不免失落。不知她的身影是被樹林遮住了？還是她根本就不存在？

我有這樣的遐想時，心中帶著絲絲的遺憾。

一個早晨的遭遇

早上預定寫作的時候，坐在桌前沉思，想像著如何下筆。

時間像蝸牛一樣地爬著，在地上留下一條濕濕的痕跡。

兒子和他媽媽從外面回來，開了客廳的門，人刺刺地走進來，鐵門枝椏作響，腳步揚起了屋內堆積了一早晨的陽光，灰塵在光中飛舞。

「我們出去散步吧！」兒子走到我身邊來慫恿我。

我默不吭聲，心想我的「慾望之翼」影片分析還沒開始下筆呢！

電腦銀幕上仍然只出現一空白的word頁面，只有第一行標題寫著：「慾望之翼——存在的重量一九八七」

我每年都是利用寒暑假，飛來美國寫作。這樣的生活，是苦也是樂。苦的是心頭重擔真難熬，樂的是每天多少有生產，感覺自己還有用。

「走啦！陪我出去運動！」兒子拉著我的手臂。我坐在桌前，試圖讀著Macbook中溫德斯的資料；城市漫遊者的孤絕渴望……。

太太也坐在我的對面開始處理她的email。我們兩面對面地各自盯著電腦銀幕工作。

「你這兒有沒有溫德斯的慾望之翼，我想再溫習一下。」我問兒子，但並沒有朝他看。溫德斯電影的主題意念繼續在我腦中遊盪……還有風格特殊的「公路電影」，巴黎、德州……。

「上網看就可以了呀！」坐在我對面的太太說。

「喔！」我說。

兩個天使守護著柏林城市中的人們，他們可以聽見人們內心的聲音……有迷惘、孤寂、絕望、失落的靈魂，身處都市的人們……。

「走啦！我們出去運動運動，我好不容易有空。」兒子繼續拉我的手臂。

「早上是你爸爸寫作的時間。」坐在我對面的太太說。

「對！下午才是我運動的時間。」我附和著。

片晌後，兒子走到我的左後方，身體倚著牆壁。

「你可不可以給我一個答案，我才能決定接下來要做什麼？」

我仍在想電影中的情節，其中一個天使，墜入情網，被一名於馬戲團扮演天使的女演員孤寂、流離的內心世界所吸引，於決定墜入凡塵，享受人類生命的苦與樂。我繼續想著，天使成為了有血肉的人。

「你做一個決定要這麼久？」

「陪你兒子去！你出來不是專做自己的事，兒子都求你了。」太太睜著圓圓大大的眼睛瞪著我。

我嚇了一跳，女人情緒的轉換如此迅速，超出我的想像。

「你至少可不可以告訴我還要多久才能決定？」兒子又問。

我又想了一會，然後說：「大約五分鐘！」

兒子走進了他的房間。

天使決定去尋找他的愛人，最後在一個酒吧裡遇見了她，然後終於找尋到長久等待的彼此，有情人終成眷屬。活著真好！

我的心也跟著動了，決定陪兒子出去運動。我快速的把銀幕上的資料瀏覽完，關了電腦，換了衣服，穿了球鞋，上了兒子的車，開往伊莉莎白湖。

沙其馬上與囚牢中的螞蟻

今天下午，吃過午飯，我在桌前寫作。

兒子從我自台灣帶來的零食袋中取了一個沙其馬來吃，沒一會兒，他拿著一個拆開塑膠包裝的綠色海苔沙其馬，擺在我面前，指著它對我說：「你看看，有螞蟻！」

「螞蟻？怎會有螞蟻？」

我先是心頭一驚，然後帶著不信的心情拿起他遞給我的那個沙其馬，定睛一看，只覺得上面有些黑色的細絲，感覺像是芝麻之類的酌料似的，然後對兒子說：「我必須要有放大鏡才能確定！」他非常堅決的說：「我確定是螞蟻，我一看就是！」

我仍然不敢立即確定的說；「我一定要一個放大鏡才能確定。」

兒子開始在他書桌的抽屜裡翻找，找了好幾個抽屜後，又回到第一個抽屜裡翻，不一會兒，他真的找到一個小型放大鏡，包在塑膠袋裡。他帶著勝利的笑聲，把放大鏡從塑膠袋裡拿出來說：「嘿嘿！」，一邊把放大鏡遞給了我。

我拿起放大鏡，開始仔細的端詳那個沙其馬上的細黑線。

不一會兒，我真的看見那細小的黑絲，竟然就是一隻隻超小的微螞蟻，像侏羅紀琥珀中的化石螞蟻一般安詳地鑲崁在沙其馬的表面上。我從未見有如此細小的螞蟻，心頭帶著些許的不甘，勉強的說：「欸！真的是螞蟻耶！」

「看吧！」兒子在遠處高聲應道。

立刻興起的念頭是，做食品的人為何這樣草率、粗陋，另一方面又感到驚嘆，螞蟻真是無孔不入。正想著的時候，兒子又從零食袋裡搜出了另外四包一樣也帶有那細小黑絲的沙其馬，放在我面前。我一一拿起用放大鏡翻來覆去的檢視著。「赫！真是螞蟻，有的多，有的少，若是不注意看，當酌料吃下肚是很自然的事啊！」心想，這要是在台灣，馬上就要鬧上社會新聞了。有一瞬間，我竟有想將它帶回台灣到我購買的商店去理論的念頭。

「拿回店裡，他們一定會還你一整包新的！」兒子以平平的語氣說。

沒錯，他們是應該會賠一整包新的給我，只是這樣做划得來嗎？還要經過海關，遠渡重洋，千里迢迢的送回店裡。我還擔心店主不相信我呢！懷疑是我自己沒保護好食品才遭了螞蟻。他可能會說：「我怎知螞蟻是在你買之前，或你買之後才爬上去的？」一想到要無辜的遭遇到這樣的纏訟，心裡馬上告訴自己：「算了吧！只是四小包沙其馬而已啊！」於是，我把那四包沙其馬都扔進了垃圾桶。

這令我想起一個關於螞蟻的故事，是來自彭柯麗所寫的「密室」那本書。

她是個荷蘭人，生於二十世紀初，經歷了二次世界大戰。「密室」（The Hiding Place）是二次世界大戰中的真實故事，當時，荷蘭淪陷於納粹暴政統治下。彭柯麗的家是世襲的鐘錶店，他們為了收留逃難的猶太人，於是在家裡的房間中建了一間密室，有巧妙的偽裝，外人絕無法發覺。

當然，他們保護猶太人的行動，也遭納粹識破，全家因此被補入獄，輾轉被送入德國集中營，遭受嚴重苦害虐待。然而在獄中，她和她的姐姐憑著對神的信心，仍不畏勞苦，有機會就傳揚福音，為獄中人朗讀她們一直隱藏在身上的聖經經文，並為軟弱者禱告。

我要講的故事，就是當彭柯麗入獄一段日子後，被安排在一間個人的囚牢單獨拘禁。在身心俱疲，焦慮壓抑孤寂的情況下。有一天，她發覺她不再孤單了，在她孤獨的囚室中，出現了一隻細小、忙碌的黑蟻。一天早晨，當她把馬桶拿到囚牢門口時，幾乎一腳踏在牠身上，幸好她即時發覺，她也為此像發現感到興奮。她蹲了下來，仔細欣賞螞蟻那奇妙的腳和身體，然後，她向那隻黑蟻道歉，並答應牠以後不再那麼漫不經心的走路。

然後，螞蟻消失在地表的裂縫中。當晚餐的麵包出現在牢房門口的架子上時，她捏了一些麵包屑，丟在地上，螞蟻立刻走了出來，這令她相當高興。她看見螞蟻在背上背起了相當大的麵包屑，掙扎著把麵包屑拖進洞裡，然後又立刻回來收拾其他的碎屑。她和螞蟻的關係就這樣建立了起來。

每天，她的房裡，除了有一小塊太陽照進來之外，她又增加了一位她稱為「勇敢而英俊的客人」，其實是一隻螞蟻，但很快就變成了一小隊的螞蟻。此後，如果當她正在臉盆中洗衣服，或在地上磨她自製的小刀時，這些小蟻隊一出現，她就會立即停止工作，聚精會神地看牠們的活動。她說：「在囚室中同一時間做兩件事，實在是一種不可思議的浪費！」

後來，她和她的姐姐一起被送往德國專為滅絕猶太人所建造的集中營，然後，姐姐被折磨致死，而她自己則在飽經苦難之後，最後竟因營中書記官一個人為的錯誤而被釋放。一個禮拜以後，和她同齡的所有婦女都被送到煤氣室毒死了。她輾轉回到荷蘭以後，繼續推動她和姐姐在獄中的行動，四處演講宣教，傳揚神的愛，建立收容所，專門接待被釋放的囚犯和其他戰時受害人，甚至幫助那些戰時與德軍合作的荷蘭人，恢復他們與本國人的關係。

她在她的書中的結尾處寫著：「……醫治這世界的能力不繫於我們自己的饒恕，也不繫於自己的良善。乃繫於神自己的饒恕與良善。當祂吩咐我們去愛我們的仇敵的時候，跟著這命令而來的便是祂所賜給我們的愛。」

冬日散步之貓乞事件

冬日。

每天下午四點多，他穿上綠色的外套，戴頂閃暗橘光的帽子，將耳機插上手機，然後塞在兩耳中，啟動語音聖經，出埃及記的經文透過一位老人的聲音，流向了他的耳中。

他穿上一雙環繞腳形鞋緣已露出兩公釐縫隙的球鞋，打開客廳的門，正伸手轉動門把上的鎖鈕準備釦門時，突然想起鑰匙不在身上。就在幾乎把門關上的前一刻，他止住了，把門倒推回去，然而懶得把球鞋脫下，便躡手躡腳地走回房間裡，抓了鑰匙，走出了家門。

他沿著過往散步的路線走著，步履輕盈。天光仍然明亮，行人道兩邊是一棟接著一棟的獨立屋，有院子，院子裡有水果樹，也有一些不知名的植物。有的院子佈置簡明，有的院子的景觀則相當費心和刻意，有造型怪異的樹，和奇特的走道。雖然每個院子都不盡相同，但相同的是，都沒有人在那裏欣賞他們自己的設計。有的院子似乎仍在整頓，留下了不確定和猶豫的痕跡。

天空的雲很稀少，形狀也很平淡，不像有些日子那樣奇詭和絢麗。「耶和華曉諭摩西……。」老人的聲音從耳機裡持續地流進他的耳朵裡。他把那些話當成營養的空氣，從耳朵吸收，像早晨吃麥片粥那樣，從嘴裡吞下。他知道麥片對他身體是有益的，只是舊約中神頒佈的律法，管理以色列人和牲畜的規定，主人和僕人的責任和義務，以及只要以色列民得罪神和犯一切褻瀆與不潔的罪的就得從民中剪除等訊息，令他不知如何思考那些事。尤其，每當他聽見「剪除」這詞彙時，就不免困惑片時，到底如何剪呢？他心中不禁會浮起一幅用剪刀將布娃娃的頭剪掉的圖像。

他在公園裡環繞行人道快步走著，心中默數著所繞的圈數，目的是要讓自己有足夠的運動量，像是吃麥片粥和聽聖經一樣。走到第七圈時，天色已經暗下，凜冽的空氣使他的雙手瑟縮在夾克口袋裡。已經走了快一個小時的路，腳底已經發熱，但雙手仍然覺得冰冷。他有一種心裏願意但肉體卻軟弱的奇特的感覺。

在他快回到家門口，還隔著兩棟房子時，他看見有一隻貓坐在他旁邊房子前的走道上，是隻棕黃色帶著黑色雜點的成年貓。他一看見那隻貓，就想起了昨晚那隻貓曾來家門口乞

討；當時牠的叫聲很大，激烈而且迫切，叫得他不得不在家中找到以前房客留下的一罐貓罐頭，叫兒子出去餵牠。那時，天已經黑了。第二天，他發現，那貓罐頭仍然完好的擺在家門口的走道上。

現在，他又遇見了那隻貓，就是昨晚兒子餵的那隻。

那貓一見他從牠前面經過，馬上尾隨他前進，並且發出叫聲。在牠走向他時，他仔細觀察了一下貓的樣貌，那貓長得相當粗氣而不秀氣，蓬頭垢面，身上的毛像棕色刷地的刷子，染了許多灰塵，並且質地粗糙。他有種感覺，若用手觸摸的話，恐怕手會被那毛割傷。他從未見過這樣的貓。倏地他心頭一驚，便往前加快腳步離開。他頭也不回地開門進了家門，並趕緊把門關上。

沒過多久，淒厲而大聲的貓嚎從門外傳來。他安靜地站在門旁，想著該如何面對這隻貓，像躲避一個厲害的推銷員那樣，但是帶著些微的不安與愧疚。半分鐘以後，外面的貓叫停止了。他偷偷播開百葉窗的一葉扇葉往外窺視，已經沒有貓的蹤影。

他噓了口氣，轉身走向屋內。

奇幻的事

現實世界裡，有哪些事是奇幻的事？新婚妻子眼中的亮光？睡夢初醒嬰孩發出的皺臉？意欲吐露心中祕密時的矜持？期待驚喜時的忐忑？

奇幻的事常超出我們的想像，叫我們的嘴角上揚，心羽翱然。奇幻的事不一定是驚天動地，叱吒風雲。奇幻的事有時只是微小的轉變，突然的看見，叫你內裡溫熱，心中怦然。

有閃耀的光的事，被愛感動的事，赦免的事，有恆久忍耐的事，存到永遠的事，就是奇幻的事。

黑暗殺人欺騙憎恨惱怒嫉妒爭競毀謗不肯饒恕，不是奇幻的事，而是無聊的事，叫人心情沮喪的事，神人共憤的事。

希望盼望溫柔忍耐祝福恩慈公義和平不斷原諒，是帶來奇幻的事的憑藉，是我們可以相信的事，應該齊心努力的事。

讓我們持續盼望希望等候，親眼看見那些奇幻的事，不斷向我們顯現，在我們有生之年。
因為這是讓眾人都高興的事。

散步寫作與飛行

我每天接近夕陽的時候，都要走出家門，到離家約一公里處的公園散步。散步對我像是一種救贖，因為我坐者寫作的時間過多，以致感覺思想領先，脫離我的軀殼過久，寫了一段時間後，身體好像空了一般，需要極力的趕上我的思想。

只是我每天的寫作，必須有一定的進度。如果停滯不前時，我的思想會像個主人似的，想盡辦法催促我往前，逼得我必須在短時間內快速地專注，並安靜下來，投身在寫作的河流裡。開始時，我總是像個旱鴨子般，得先用力划幾下水，掙扎幾下，嗆幾口水，一旦乘上浪潮，只要隨著水流前

進，它就會自然地把我帶向某個未知的境地，不論成功與否，還真是個艱辛又奇妙的旅程。雖然壓力甚大，但我還是甘心前往，也甘之如飴。

近一兩天的下午，陽光變得熾熱。每當我寫到中途，窗外鳥叫的嘈雜聲如菜市場般的喧騰，不知道牠們在爭論些什麼？偶爾烏鴉也會參進幾聲乾巴巴的吆喝，甚是惱人。因為思緒受了攪擾，斷了思路，我只有起身在客廳內踱步，以消煩悶，並設法找回思路。踱步時，我會盡力擺動身子，伸展雙臂，作麥可傑克森扭腰擺臂的蛇形舞姿，前行後退，收發自如。如果我兒子在場，無意間瞥見我這副姿態，必要彎腰擺手，捧腹大笑了。

晚上七點鐘一到，我迅速換裝，穿上球鞋，便踏出家門，往公園走去。那時太陽正斜掛西邊，光線亮讓人無法直視。大約不到十分鐘的時間，我就可以走到公園，公園內有一大片綠油油的草坪，沿著公園的周圍，種植著高高的樹木，夕陽將樹影斜斜地打在綠草地面上。公園的一邊有塊沙地，裡面安置了幾個兒童的滑梯和鞦韆，有幾個墨西哥人和印度人的父母，陪著幾個小朋友在裡面玩。從遠處可以聽見他們嬉笑的聲音。

我沿著公園的邊緣散步，球鞋踩在碎石子的地面上細碎作響。輕快的華爾茲交響樂，在我耳邊響起，充滿我整個軀殼，我感覺自己變得飽滿起來。有須臾時刻，我的思緒像脫了韁的馬，長了飛行的羽翼，載著我的身體，不受拘束地飛行起來。當飛行時，我似乎是沒有身體的，只是純意識上的翺翔。在我回到地面之後，轉頭看見有隻藐小的烏鴉在草地上跳行著，當我們從側邊交錯而過時，同時注意到了彼此。牠盯著我看了一會，我也盯著牠看了一會。然後，牠決定繼續向遠處跳去，而我則繼續朝向我散步的路線前進。

我一共繞著公園走了七圈，費時約半小時，加上回家的路程，總共花了快一個小時。回到家時，天色仍然沒有暗下。到了家門外的院子前，我又聽見烏鴉乾巴巴的叫聲。我抬頭仰望停泊在電線上體型偌大的烏鴉，牠們像在跟我說話似地大叫了幾聲。我感覺到有種近在咫尺，就快要碰觸到烏鴉語言的訣竅了，我應該馬上就可以聽懂牠們說話的意思了，就差那麼一點點，我就要聽懂了。可惜，這次我仍然沒能聽懂那隻烏鴉的說話，心裡竟有一絲絲的懊悔感受。

陽光和我的灑水系統

光是陽光是什麼就很難形容，因為他有無限制的身分。有一天，他身體穿戴整齊，像參加婚禮的打扮來我院子玩耍，在我院子的草地上跳舞，他的姿勢相當滑稽。可能是因為穿著禮服的關係，黑色的燕尾服後面的絜絜，像一根鞭子，鞭打我院子裡的果樹，還有籬笆。籬笆發出「匹呀！巴哈！」的聲音。

他實在很奇怪，為什麼他非得穿燕尾服呢？因為在那樣平常的日子裡，並沒有節慶，在那非常平凡的日子裡，平常得樹葉都有點發慌，不知用什麼樣的姿勢站立才好時，他竟穿著禮服而來。好像水泥工人穿著西裝，打著領帶，穿著雪亮的皮鞋去工作，你可以想像他怎能保持不沾一點灰塵地回家。可能他的爸媽沒有教導他這種常識，絕不可以穿著西裝去做調和水泥的工作。也可能他的父母絕不認為他會去當個水泥工，所以根本壓根也沒想到要教他這方面的知識。

當然，我並不認識他的父母，只是當你看到這樣怪異的行徑的人時，你很難不想像一下到底他有怎樣的父母。

不過，他的出現，倒是帶給我額外的驚喜。他並沒有像水泥工那樣，在我院子裡鏟土，這點倒是令我感到欣慰的。若是他隨便地在我院子裡鏟土，我怕他會破壞了我院子的灑水系統，因為那是我花了四五〇元美金才裝設好的。只是我永遠不知道怎麼控制那灑水系統，它總是按自己的意思啟動，或關閉。我雖然曾經想認真把控制灑水系統的語言學好，以便有效地掌握它發動的時間，但是，令人惋惜的是，為我裝設灑水系統的老墨，有一天竟被車子撞死了。我和灑水系統的溝通管道從此因而斷絕。這也是讓我一想到就不覺悲從中來的事情。

還好，為我裝設灑水系統的老墨，在安裝完那套系統離開前，有給我留下了一份體積很小的使用說明書。他說若我有一天忘了怎麼操作時，可以拿出說明書來讀，如果讀不懂的話，可以再打電話找他，應該就沒有問題了。可是，誰能預料，他竟在我為裝完灑水系統之後的一年後，就意外喪生了。

老墨離開前，曾囑咐我要好好保存著，因為那份說明書體積挺小的，所以很容易遺失。對於保存說明書這事我倒是非常的小心，至今都沒有遺失。不過，終於有一次，我在得知老墨過世後的某一天，試著拿出我保存完好的灑水系統說明書，想要仔細閱讀時發現，它真的小得離譜，好像每天都會自動地縮小一釐米一樣。我戴上老花眼鏡，字體仍是小得跟螞蟻的頭一樣讓我無法辨識。所以我找了家中最大的放大鏡來觀看，字體仍像會躲迷藏似的精靈似的繼續縮小。在老花眼鏡加上特大號放大鏡，還有對的角度全神貫注地注視之下，終於，字體是放大了，但文法卻不夠清楚讓我明白它的意思。

所以，我只有完全放下我的堅持，想要學好灑水系統操作語言的願望。

我靜靜地觀察陽光在我院子裡的工作，在他倒像是玩耍，真的就像學畫的小孩拿著畫筆，沾了顏色，在畫布上隨意揮筆，完全不用擔心老師怎麼教的。是啊！為什麼需要擔心呢？

陽光來的時候，他並不在乎我怎麼想，就像現在，他在我全然沒有留意的情況下，翩然的就來了。他就是這樣地像主人一般地出現了，在我的院子裡自顧自地玩著，把我院子塗上了一層會發亮的黃色色彩。看起來，他一點沒有辛苦的樣子，倒像是在娛樂中工作，很滿意他的工作。他其實以悠閒的姿態忙碌著，真的像穿著禮服作翻土鋤地的事，但是仍然維持著一塵不染的身體。

我看得發愣的時候，他並沒有發出特別的聲音就消失了。我是指他的身體，會發出「匹呀！巴哈！」的聲音的身體。不過，他並沒有完全消失，照例他精神的餘韻仍會停留在我院子裡好長一段時間。照例，我也得花時間整理他給我留下的工作。

不過，那應該是明天的事。趁他完全消失以前，我得好好享受一下那餘韻，籬笆邊緣像被用手拉高的雜草，纍纍熟透的黑莓，帶著如少女潤紅臉頰的青綠蘋果，生而青嫩的無花果，還有我不知時會噴發的灑水系統。

溫馨接送情

我每個星期天早上都會驅車上陽明山，接兩個女孩下山，到山下一位胖胖的弟兄家聚會。兩個女孩都是陸生，一位來自廣西，一位來自江西，確切家鄉的地點，我記不清了。

廣西的女孩，個頭中等，長得圓滾滾的，圓圓的眼睛，圓圓的腮幫，性情蠻開朗的，臉上總是帶點欲言又止的表情。她有個書香世家，喜愛閱讀，對週邊的事情，有種心知肚明的聰穎感。江西的女孩，個子較小些，總愛穿著長褲，裝扮有點中性的味道。她有個幽默的爸爸，所以，儘管說話慢條斯理，話裡行間，常語帶詼諧，偶爾會蹦出個冷笑話，足以令旁人噴飯。

最初，並不是我自己接觸她們而把她們帶到聚會中的，我是聽說有位姊妹每週不論刮風下雨都騎摩托車上山去接那位來自廣西的女孩下山聚會，因心生不捨而主動提出接手這項工作的。剛開始時只有接她一位，後來她又約了另一位來自江西的學妹同行，於是接她們兩人下山就成了我每個禮拜天早晨固定的行動了。剛開始，她們稱呼我為「井老師」。後來，入鄉隨俗，跟著弟兄姊妹們呼叫我的叫法，她們也改叫我為「井爸」了。在這樣一段日子「井爸」前，「井爸」後的嗲聲呼喚後，每週我上山載她們時，心裡總有種像多了兩個女兒似的飽足感。

話說，她們來台灣讀書是因著近年政府開放陸生來台，在出於自願和父母鼓勵的雙重誘因下，成就了她們的台灣之行。她們的來台，一方面代表著台灣與大陸進一步的交流，更是為彼此的瞭解與融合，增加正面和友善的因子。在海峽兩岸分裂六十多年後，大陸的學生可以正式的在台灣接受大學教育，而台灣學生則在更早以前就可以赴大陸就學，這應是打破文化藩籬的微小開始，也是重要的起點。只是台海兩岸對彼此文憑的認定，仍有分歧，亟需建立共識，也需要彼此更全面與精密的考察與認證。

我不知道兩岸何時能完全消除敵意，達到如一家人般的融合與無間隔，但要行千里路，還是得從跨出眼前的一小步開始；要跨越巨大的鴻溝，也得從建立小小的橋墩開始。路途雖然遙遠，但只要肯出發，腳踏實地，一步一腳印地往前行，總有一天會達到目的地。每當我在開車時，總會找些話題跟她們聊，她們也都熱誠以對，後來，她們反會主動發問，關乎信仰、生活、文學和電影等話題，她們都津津樂道，我也竭盡所能地把我所知道的那一點想法告訴她們。我們就是這樣一點一滴地，把彼此的生命經歷交織在一起了。

有一天，那位廣西的女孩在聚會結束後，拿著我出版的一本小說集過來，在我面前搖晃著。我驚呆了一會。

「咦！妳哪來的這本書？」我問。

「我網上買的呀！」她有點驕傲地回答。

「妳怎找到的？」我心裡泛著無法壓抑的愉悅。

「在google打上你的名字就跳出來了！」她帶著陽光般燦爛的笑容回答。

藍色的書皮被透明的塑膠套包裹著，顯然她是個很愛護書的人。

「我想請你幫我簽名。」她嬌羞地縮了下脖子。

我愣了會，片刻後才回過神來。

「喔！來！我幫妳簽名！」我豪爽地說。

我翻開書頁，難以言諭的喜悅，再度像雨點滴在水面，不斷地打心底盪漾開來。

詭譎的血緣離異

現在山東省東明縣，是我母親的家鄉。這家鄉與我母親分開已經六十五年，分開絕非來自我母親的意願，比較確切地是受到時代的擠壓所產生求生式的遷移，而不是非受迫性的失誤。不過，時代只是人類災難的背景，人間世界的紛擾才是事情的主因。

我對於母親的家鄉沒有主觀的情感，即使我想，也隔了一層薄膜。今年夏末秋初，和家人一同回到山東東明，探望母親這邊的親人。費了九牛二虎之力，才進到了若沒有「關係」簡直不可能找得到目的地的中國鄉間，連路名與號碼牌都沒有的村莊，全靠人嘴串聯的人際網絡。

到了石寨，媽媽的出生地，家庭成員前後左右簇擁著媽媽，雙

手各攙扶著一個人，像皇后娘娘似的一步一步往巷裡的老家走去。媽媽只顧著傻笑，向兩旁不斷呼叫她的家人揮手和點頭致意。這趟前來探親不是媽媽的第一次，很多年前媽媽腦子還清楚的時候，曾經來過一次，她對回到家鄉的每個活動的內容，每個家人的行徑談吐，從台灣帶了幾張衛生紙竟用了一個月，還有跟驢子同住一室的驚心經歷等，都能如數家珍似地跟我們兒女敘述。

不過，幾年前開始，母親開始有失憶的情形，嚴重到已經把曾返鄉探親的這件事完全忘了。所以，這次跟著我們再度返鄉，對媽媽而言相當於是一次全新的旅程。媽媽只知道跟著兒女同行，不管去哪裡，她都心滿意足。到了媽媽的故里，從包車裡出來，家人已經在外迎接，而且一呼百應，從四面八方湧來。他們爭相攙扶著媽媽，並問媽媽：「還記得我嗎？」媽媽總是露出傻笑的表情，也不怕人失望，老用同樣的話「老了，不記得了」回答所有來認親的老少家人。

我們到了他們聲稱後來新蓋的堂屋，就是客廳裡，只有兩坪大左右，看起來也有三十年老的感覺。他們給我們搬板凳坐，拿礦泉水，切西瓜，熱情中帶著羞澀。我和我的兄弟姐妹們在其中，個個都顯得有點緊張，因為都不知道該如何跟從未謀面的親人寒暄，只有拼命的點頭，傻笑和拍照。而他們也像參觀動物園般地打量著我們。

媽媽若留在這裡，媽媽的長相就會跟他們一模一樣，個個黝黑精壯，帶著乾燥的皮膚，年輕人也顯得蒼老。老年人更是。但是媽媽離開了，而且一離開就超過一個甲子。歷史像個陀螺一樣，將母親從家鄉甩了出去，甩出了離情與鄉愁，只是這細如棉絮的思念，竟在飄渺的時光中斷了線。

石寨小鎮的經濟和物質條件至少比台灣落後三十年，那裡仍然沒有現代化的廁所，沒有舒適但基本的居住條件，水電設施嚴重缺乏，晚間還限電，室外是漆黑一片。能源的取得乃是以巨大的塑膠套到化學工廠去收集沼氣，當作燒飯和燒熱水的燃料。我很難想像那裡的年輕人都怎麼過日子的，尤其是夜生活。

離開大陸已經一段時間，我仍不禁時常想起在石寨裡那些帶著現代年輕人氣息的少女，雖然生活在那樣落後又孤絕的環境裡，她們的一顰一笑，她們前來問安，轉眼消逝在房角的身影，竟好像我母親的翻版。噢！這是何等詭譎的時空變異啊。

樹上人生

每個人的人生都是一部精彩絕倫的電影，如果你懂得如何說人生的故事的話。

當你走在路上，盯著左右來往的路人，像在河流中往不同方向流動的漂流木。當你開著車子，疾駛在高速公路上，無意地往另一個車道的車輛裏望去，有一對夫妻凝肅著臉，像雕像一般地坐著。當你在市場裡逛著，有各種膚色、各種年齡性別、長相及打扮的人在你身邊遊走，專注地挑選食物。你會不會好奇，路人中一個騎腳踏車的年輕人，背著背包，戴著耳機，到底要飄向何處？高速公路上汽車裡那對夫婦為何收斂他們的表情，凝肅了他們的臉色？市場裏那位身材肥碩的黑女人，為何挑選了那種包裝奇特的薯片和許多無法辨識的食物？想著想著，你難以避免地就會迷失在人生的迷霧裏，然後，甩甩頭說：「想這幹嘛？」。也許，這些事就如過眼雲煙，根本不會在你的思緒中留下痕跡。然而，如果你夠認真去想，也許你能立即從中獲得智慧。然後，或許你可以歡喜地跟自己說：「我懂了！」

今年北加州天氣變化多端，有晴有雨，有日有陰。跟往年清一色的晴天，極度的旱象，有點不同。感謝神，就在兩天前，雨降下來了，而且是傾盆的大雨，是歷年來少見的。院子裡原本乾枯的地面，枯槁的果樹身軀，一夜間像是經過心肺復甦術急救後終於醒來一樣。我常站在廚房門口，眺望著院子裏全部枯乾只剩枝椏的果樹，想像著無花果樹結出無花果，桃樹長出桃子，李樹結出李子，蘋果樹長出蘋果，葡萄樹結出串串的葡萄，石榴樹開滿石榴花，石榴結實纍纍。然後，點頭，心想：「若是這樣，真好！」但是，要有果子可吃，真的需要時間，而且要有耐性，並帶著盼望。

照著慣例，我仍然在到美後，會跟妹妹一家相會，敘舊相聚。那是我最感甜美的時光，就像我太太也最喜歡和她家人相聚一樣。對我們而言，只要能跟家人在一起，儘管是做生活中最小的事情，也覺得興致高昂，樂趣無窮。妹妹和妹夫一家五口，在美國生活已超過二十年，中間曾因工作緣故兩次遷回台灣居住。前年又因工作故搬回美國。每次遷移都是大費周章，耗時耗力，需有過人的精神與體力，強烈的動機和樂意冒險的精神方能勝任。

妹夫這人認真勇敢，苦幹實幹，性情溫和。長得精壯結實，皮膚黝黑，大臉深眸。在高科技公司工作，負責專案管理，工作是整天開會。上午一大早七點預備和美國東岸開會，晚上七點再跟亞洲或歐洲公司開會，一開就是幾小時，開完會還得寫報告，開得他苦不堪言，又無人可以傾訴。上司是印度人，對他逼迫有加。公司員工常有離職，然而主管遇缺不補，反常跟妹夫慫恿說：「Hang in there！Hang in there！」；就是「你忍耐一下！忍耐一下！」。這讓妹夫的工作負荷有增無減，完全沒有鬆綁的跡象，且已長達兩年沒有假期。因為若他要請假，並無一位職務代理人可以頂替他的工作。所以，很自然地，不論是責任感使然，或是形勢使然，他永不能請假。這就是舊約聖經裏所說埃及法老的本質，要被奴役的以色列人燒磚，卻不給材火，不斷加重人民的工作量，卻不給資源。這也就成了妹夫在職場生活中永遠的痛，連旁人聽了都覺得憤憤不平。以致每當他看見黑皮膚的印度人，就難免要萌生深惡痛絕的感受。

我妹妹卻活得挺安然自得，能過平靜安穩的生活。妹夫在外負責家中經濟的來源，是家裡知識、運動和旅行的主導、計劃與開發者。平日受法老壓榨。妹妹負責營造家中精神面貌，成為家中精神支柱。以默默耕耘的方式，不變應萬變的沈穩態勢，兵來將擋，水來土掩的太極手法，為家人提供信心、盼望和溫暖。平日不斷追求屬靈的力量。她外表看似軟弱，但無形中，她成了家裡向心力的中心，是先生兒女依賴的胸膛，兒女先生見了她，都顯出無限的愛意。在這彎曲悖謬的世代中，看見妹妹的家庭景況，我還挺以她為榮。

這次來美，妹妹告訴我一些有趣的小時故事。她說，她小學時，一放學後，就開始找樹木爬，爬上高處，坐在樹枝上，鳥瞰鄉鎮的街道、行人和各樣景觀，感受在高處視野的愉悅和征服感，或是成就感。每天爬一棵，挑戰一棵新的樹木，因此，後來幾乎在回家路邊的樹木都被她爬遍了。我聽了大笑，說：「我怎麼不知道？我甚至還沒看見過妳爬樹呢！」我突然警覺自己是多麼活在自己世界中的人。她說她不只爬樹，也爬竹竿，爬得腳背都磨破發膿。提到這兒，我倒記起妹妹有雙小而圓鼓鼓的腳，右腳背上長了個流膿的膿包。

我和妹妹只差兩歲，但生活的範圍好像處在兩個不同的世界。她有她的玩伴，我有我的朋友，每次出遊，我永遠拒絕帶著她同去冒險。因此，她就只能自己玩耍，有時帶著兩個更小的妹妹，一同出遊。而我則老是跟自己的玩伴出遊，不願帶著妹妹像個拖油瓶似的，跟在身邊，無法玩得盡興。小時這種年紀差，和偏執的觀念，就把我們倆成長的記憶分隔開來，成就了兩個個別的童年記憶。長大後，各自忙碌，也鮮少機會回憶共話童年往事。這幾年，我們每隔一年的見面，倒是提供我們機會，回憶童年往事。談論中，有許多事，叫我們放聲大笑。有些事，也叫我們黯然神傷。有些記憶，若不是藉著提起，像翻舊相簿一樣，可能要永遠消失。

積綠之家的消逝

有些影像是有吸引力的，有黏著力的。尤其是綠的影像，帶著年紀和歲月的積澱，長成時光的青苔的那種。每當我經過這房舍的旁邊，我總要仰頭眺望那長滿濃郁青苔的屋瓦，那屬於五〇年代的建築，有文化大學的老師住過，駐台的美軍官兵住過，現在只剩軀殼，人去樓空的老舊房子，外面仍有綠樹叢圍成的籬笆。學生在這兒拍片取景過，遊客路過當鬼屋探險過。此外，再沒有人留意過，往屋頂眺望的，更少之又少，它就座落就在通往文化大學的華岡路上。

我在這條路上已經往返了二十年，因著工作的緣故。只有近幾年的某一天，我因開車時被交通管制的指揮給攔下，停在路旁等候

來車經過的時刻，往路邊屋頂抬頭一看，就看見那棟房舍的屋瓦，在冬日的陽光照射下，顯得綠意盎然，簡直像個穿上了毛絨絨的綠色大衣的紳士，端莊寧靜地站在那兒享受陽光的溫暖。它沒有說話，但我卻被它說不出的濃情蜜意給吸引住了。我待在那兒，想多停一會兒，深怕交通指揮馬上叫我把車開走，不，就是不要在那個時刻。

就在前兩個月，這棟如斷垣殘壁的老屋，突然變成了一棟新屋，房子樣式和造型和原來的一模一樣，只是全變成新的奶油牆與灰瓦，好像一下子喪失了原有的生命感。不知為什麼，心裡竟有種難過和失落的感覺。其實，我對房子的變化沒有任何品頭論足的權力，只是在內裡有種記憶和尊嚴被剝奪了的傷感，如被人打了一記悶棍似的。

人真是奇怪的動物，之前我還常納悶，為何這麼好的房子，竟空在那裡，沒有人住？並且一空就是十幾年，可能不止，因為從我開始注意到它的存在起，就已經是個空房子。今天，它的面貌終於更新了，顯然不久就會有人進住。但是，我竟然有悲憤的感覺，好像有人將我的房子給奪去了般。腦海中突然閃現「眼看他起高樓，眼看他宴賓客，眼看他樓塌了！」的曲句，雖然從未見其中有人宴賓客，但這青苔碧瓦堆，俺曾恣意往來，尚未將五十年興亡看飽，江山似乎就已易主。

疆界的思索

時間沒有界限，既是開始，又是結束。看是結束，竟是開始。

在時間裡，我們如走在沒有疆界的境地裡，我們成了無疆界的國民。過去的事情像逝去的風景，落在視線所及的範圍外，好像落在我們個人的疆界外，我們再也摸不著它。然而風景並沒有消失，仍然存在於它原來所在之處，只是我們離開了，我們移動了。因此，帶來了新的距離，有了新的接觸、親近和新的疏離。風景沒有改變，只有四季的更替，足跡的堆疊。景物依舊，人事常非。移動的主體定義了不動的客體，而客體也不是永遠不動，客體只是在看似恆常不變的時間裡緩慢移動，用我們看不見的速度，以及無法等待的靜默。距離因移動而產生，瞭解也因移動而獲致。當移動時，

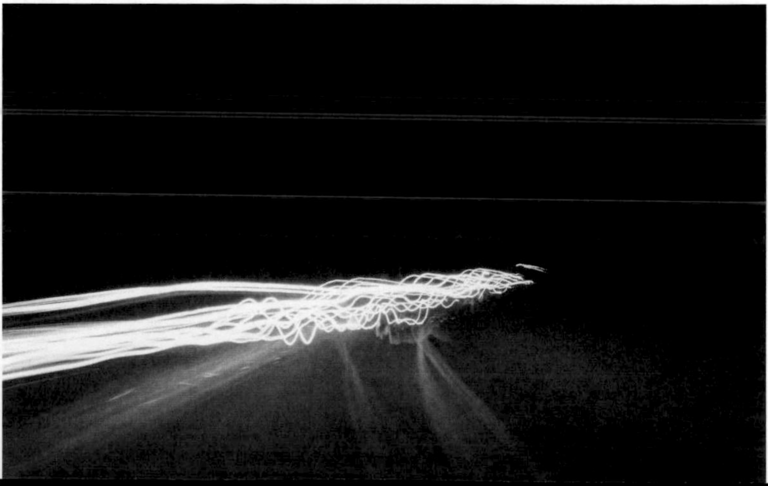

新的疆界和新的關係就自然產生了。

我寶貝偶爾的移動，強迫我改變我的觀看視野和內涵。在移動裡，感覺足跡的深度與泥土的溫度，想像行者的遭遇與心境，體會飄泊與安定，消失與存在，衝突與融合，成長與落寞，生命與死亡的諸多意義。偶爾改變疆界，在原本沒有疆界的範疇裡，思索疆界的定義，重新定義自己、世界、土地和意義，會給自己更寬廣的心。真實的存在是一種沒有疆界的國度，而有限的存在在於國民的畫地自限。但存在給了我們找尋疆界的動力，並徜徉在無疆邊土的權利，存在給了我們找尋意義的機會。我們存在，所以我們創造疆界，進入疆界，並活在疆界之中。

動者恆動，靜者恆靜。動靜之問，在乎一心。但是，歷史有它自己的動向與恆變定律。人就像一個大旋風裡快速飛行，環繞著一個大核心旋轉的沙礫。遠看，整體像是個靜止不動的蜂巢。近看，它是個正在高速行進的子彈。當我們坐在飛機上時，感覺平靜安穩。但若頭探出窗外，勢必身首異處，粉身碎骨。因為速度改變了時間與空間的質量，我們若能以光速旅行，我們將一日千年，活在更長久的疆域裡。

過去，我們可以緬懷，但已不屬於我們。未來，雖屬於我們，但我們難以預測。在時間裡沒有疆界，卻有基點。基點就是移動的現在，近的感覺猶如靜止狀態。而從遠觀之，比如從今年看去年，又恍如一瞬。決定者是你自己，定位者是你自己，定義者也是你自己，疆界的產生在於你自己。

你我都活在疆域裡，也活在時間空間裡。時間與空間是我們存在的坐標，但意義卻是我們存在的高度。我們都在一定的疆界裡創造意義，也在一定的疆界裡體驗時間與空間的意義。意義需要對比，需要互動，使其豐富、飽滿並美麗。因此，移動是必需的，東方文明若不遇見西方文明，如何使其特點顯現出來？同時，又如何暴露其短缺之處？動其實能產生價值，使不同文化與個體的優勢與弱點都能顯現它的價值。

意義不需要敵視、仇恨與侵吞，意義需要包容、理解與接納。當你自詡為三隻小豬的時候，請不必把所有的敲門者都當成大野狼看待，必要烹煮其肉，食之而後快。我們也許需要初步接觸時的戒慎恐懼，但不需要因此而永遠把自己封鎖在單一的疆界裡。當衝突來臨時，要讓智慧、容忍與犧牲的美德得勝，而不要讓野蠻、愚蒙與殘酷得勝。要讓文明的磬鐘敲響，而非自私與屠殺的喪鐘亂鳴。

關於時間的遐想

早晨八點，天陰陰的，我人在美國弗里蒙特，但身體好像已經開始回到台北的時鐘。因為今晚就要搭機回台了，好像身體自動開始向台灣時間校正一般。

起床後肚子一點都不餓，因為在台灣已過了晚上十點，應該是上床的時間。不知為什麼身體竟會想起這事，然後不顧我的意思自己就開始調時差了。我想像著兩地的人，在不同的時間，不同的地點，輪流地吃飯、工作和睡覺，然後再工作、吃飯和睡覺，是何等奇妙的事。若你覺得不想在現在的時間裡吃飯、工作和睡覺，那你就必須坐很長時間的飛機，最少十一小時，你才能換一種全然不同的時間來吃飯、工作和睡覺。我覺得，每個人一生中應當至少都要

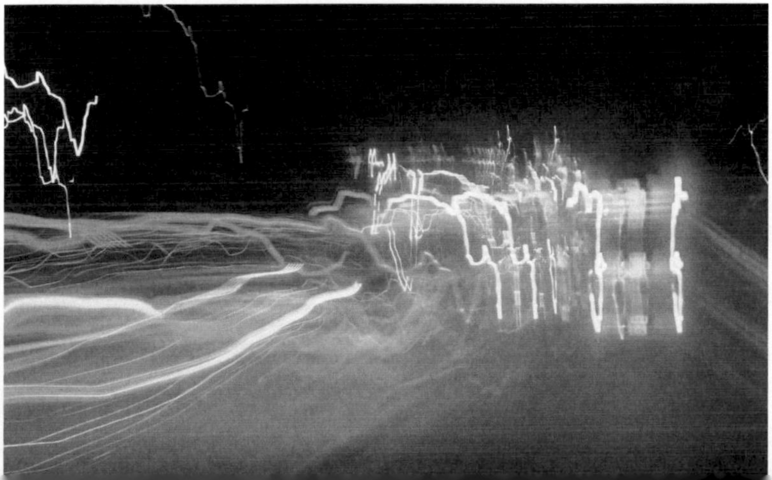

有一次這樣的機會。

不過，當你進入另一個全然不同的時區裡時，你並不會意識到你現在的時間與原來的時間有何差別。除非你刻意不忘記你原來時區的時間，就是每當你看時間時，就馬上提醒自己現在原來時區的時間是幾點，然後，想一想他們正在做什麼，對比一下自己在做什麼，感覺一下兩者之間的差別。如此，你才能真正感受到不同時段做不同事情的差別。不過，一般人應該不會做這種事吧，反而是作相反的事，就是盡力忘掉原有的時間，趕快進入新的時間程序和感覺。所以對這種差別性仍然是一無所知的，除了我以外。因為我正是照著剛剛我前面所描述的方式在做事的。

所以當我早晨吃飯時，我就想到台灣的眾親戚朋友正進入晚間最疲累期，應該不久馬上要躺平了。當我吃中飯時，所有我的親戚朋友應該都進入了熟睡，除非當時他被ＦＢ給捆綁了，無法脫困。當我晚上要入眠時，台灣的朋友們也許正為工作忙得不可開交，運氣好點的，可以睡個午覺，喝個下午茶之類。每當我工作的間歇時間，我就會停下來思索一下，現在台灣的家人和朋友們正在幹些什麼？他們的心裡能有足夠的空間，想想其他時區的人在幹什麼嗎？雖然這是很無聊的事，但我自己不禁會作這樣的遐想。並不為什麼，只是因為我有這樣的機會。而且，當你想到另一個時區裡的親友正在打拼時，你就會更加珍惜你現在所擁有的時間！雖然並不同步，但卻可彼此激勵。

來美轉眼已經一個月又五天，不算短的日子。每天起床後，忙著吃飯、工作然後睡覺，就按著這樣的節奏日復一日地進行著。抽出空檔時，會到院子裡作些勞力的工作，平衡一下久坐的身體。寫作是用腦子的工作，全身除了手指頭敲打鍵盤外，只有頭腦在運動，相當激烈的內在運動。所以，累了就需要休息，休息的方式，一種就是在院子裡作勞力的工作，不動腦子。另一種休息，很奇怪，就是繼續動腦，寫點隨便的東西，像雜思、散文或小說之類的。好像一個是做苦工，另一個則是做運動。

人是時間的動物，活在時間裡，也被時間所控制，而且我們只能活在一種時間裡，無法同時活在兩種時間裡。雖然我常常想著另一個時間，但是還是很容易忘記。我來美的任務，看兒子，把年初該完成的書完成。兩件事，所幸我都做到了。如此，我好像是掌握了時間，以彌補我年初所失落的時間。但時間終究只有一次，不會再來。對於接下來的時間，我仍得小心翼翼，摩拳擦掌，像與時間角力。

呵！就要回到自己原來的時間了，在美所待夏天的最後一天裡，時間，我抓住了你，雖然僅僅一霎。

何等喜樂！

陰廊裡的愛光

下午，陽光耀眼得讓你的視網膜像被白光滲透的雞蛋內膜，白花花的一片。頓時，週邊都黑暗了。

和竹嘉夫婦約好了去看閻伯伯，大約十幾年前曾在我家聚會的一位老伯伯。相當坦誠熱情，對我們一直有份脫不去的情感，當年，每次他從士林坐車來北投我家聚會時，總會帶些禮物給弟兄姊妹。禮物並不貴重，但是都是他經過觀察弟兄姊妹的性情、嗜好與家庭狀態後，巧心選擇的，像是茶杯、T-shirt、帽子、紙鎮、十字架項鍊、手提袋等用品，讓收到的人總有一種貼心的感覺。

他今年已經八十七歲，我們已經又兩年沒有見面了。上次見面的時候，也是他打電話給我們，說他有些東西要給我們。我們知道，得來看他了。那也許是一種想念的訊號，閻伯伯想念我們，這種感覺既溫暖我們，又多少讓我們有點汗顏，為什麼我們不會主動來看他呢？

我們開車來到他住所附近，費了九牛二虎之力找停車位。奇怪，我們竟忘了以前是怎麼停車的。那密密麻麻的停滿車的狹窄街道，讓我懷疑這地的居民是怎麼搶車位的。最後，我們把車停到了河堤外的草地上。四周也已經停滿了車，但總算可以找到一個停車處。

「這裏總沒有人管了吧！」竹嘉說。

我點頭同意。

我們從河堤外的草地慢慢向堤內的住宅區走去。途中經過一個高達約十公尺的堤防，登上幾十階的嬌小樓梯，再從另一邊一樣嬌小的樓梯走下去。我們來到閩伯伯住的地方，是一棟老舊的國民住宅。從樓房中間的梯廳進到裡面，向左右展開的是黑暗而深長的走廊。

我不知道，為什麼住戶都不開燈。為什麼走廊這麼黑，好像這裏不是給人居住的地方；或者，至少要讓人感覺這裏不是要讓人來參觀的地方。站在梯廳，往走廊裡眺望，好像隱約聽見一個聲音：

「不要進來，我在看著你！」

每一層樓的走廊幾乎大同小異，偶爾有幾戶人家門口有燈光，讓我可以感覺它的深度，像是給那層樓提供了救贖；再黑暗也要希望啊！

閩伯伯的家門是開的。我們逕自進了大門，眼前是我熟悉的家當，窄得僅容一人穿梭的房間走道，我和竹嘉站在中間像被兩邊延牆堆疊的古董飾物簇擁著的森林迷路者。有一刻間，時間好像停頓了，我們的呼吸都帶著重量。

「叮——！」我的手機響了。

「喂，我們在屋頂，我們怎麼沒聽見你們的聲音？」我太太在電話中說。

「你們直接上來就好了！」太太說。

太太和淑玲趁我們找停車位時先到閩伯伯家打招呼，免得讓他久等。沒想到，她們動作真快，已經開始挑選禮物了。

我突然想起了一個通往屋頂的密道，但我已經完全忘了它的位置和樓梯上面的樣子。黑暗中，一種神祕感不禁從心頭竄起。我探頭鑽進閩伯伯僅有一個臥榻像暗房的臥房，不對，那裡完全沒有向上的通路。我立刻把頭拔出來，往另一個僅容一人站立的廚房探入。對了，我看見一個樓梯向上延伸。

「找到了！」我轉頭跟竹嘉說。

我們小心翼翼地通過那細小單薄的鐵梯，往天花板上攀上。「呵！」上面竟有一扇鐵門敞開著，白亮亮的日光從門框照進來。

從門框走出來，閩伯伯笑盈盈地跟我們打招呼，手中還拎著他說要送我們的一些杯碗瓢盆的瓷器。他並沒有老的感覺，至少對我而言，他看起來還是個挺健康，身材姣好的老人。他熱誠地跟我太太和淑玲姊妹兩人推薦他收集的那些戰利品，帶著熱情的盼望希望她們收下。

放眼望去，屋頂有間加蓋的四方形小屋，閩伯伯說那是當年他花七萬塊預備蓋給他兒子住的。但兒子很早就離開到外面闖事業了，所以沒有住進閩伯伯蓋的這房子。房子因長年無人居住，外牆已經陳舊不堪，蓋滿了灰霉斑漆，鐵窗也已鏽蝕。屋旁地面堆滿了大大小小，各式各樣的陶瓷杯碗等容器。那些東西都是他平日一件一件地從外面散步時撿回來的，他捨不得丟，就想送給他心中懷念的弟兄姊妹。我們來探訪他，是正式的來接受他的餽贈的。藉著接受他的慷慨餽贈，我們享受了他的愛。

他跟我們說了個笑話。有一次，他在外面撿了個大花盆，正拎在手上。一位婦人經過瞧見了，問閩伯伯：「你在哪個市場買的這花盆，好漂亮。」

閩伯伯說：「妳喜歡是嗎？」

那婦人問：「能不能賣給我？」

閩伯伯就用一百元左右的價錢把那花盆賣給了她。說完，大家都開懷大笑。

最後，我們各拎了大大小小的物件離開。我也不在乎拿了什麼，只感覺到能接受愛，真是一種幸福的地位和感受。不知道，當我們想要表達愛的時候，別人是不是也能感受到我們希望他感受到的感覺呢？還是根本不需要希望，只要去表達就好了？

年紀之思

我們的年紀是如何增長的？像灰塵的堆積，逐漸成為城堡？還是像一座城堡，逐漸化為塵埃？如果是灰塵的堆積，是誰塑出了形象？如果是城堡的消逝，是誰在施力剝削？如果有主使者塑形，為何要塑？如果有外力剝削，為何要剝？要看得見年紀，是因為看見了變化。如果年紀是變化，變化所為何來？有一個炎熱的下午我做如是想。

我繼續推理，我知道無論灰塵如何用力的堆積，只能堆成沙堆，各種形狀的沙堆，大的沙堆，和小的沙堆。特大的沙堆，和僅止是沙地的沙堆，永遠不可能成為有結構和有使用意義的城堡，固定不動的城堡，或飛行的移動城堡。所以，如果有城堡，就一定有主使者在塑形。我當然知道人是城堡的製造者，但是，人是從哪裡來的？

然後我想到，一定要有個時間的起始，才能有時間的變化。如果沒有時間，那麼事物就不會變化。灰塵將永遠是灰塵，靜止不動的灰塵，不會成為各種形狀的沙堆，大的沙堆，和

小的沙堆。特大的沙堆，和僅止是沙地的沙堆。不但普通的城堡沒辦法產生，固定不動的城堡，或飛行的移動城堡也無法產生，當然，甚至連人也無法誕生。但是，人已經誕生了，這表示著一定有人的製造者，只是他們已經離開，或者我們不知道他們在哪裡。同時，製造能夠完成，一定也需要時間。所以，有了製造者、材料和時間。然後，才會有城堡或人的出現。如果灰塵是材料，城堡是成品。那麼，人也就是成品。因為，我們知道，人的組成成分也是來自塵土。

又有一天下午，天氣涼爽。我在鏡子面前自視，繼續思想著年紀的問題。因為有時間，所以有變化。因為有變化，所以看得到年紀。如果年紀是變化，變化所為何來？我轉頭望著牆上自己年輕時抱著兒子的相片，滿頭黑髮，神情愉悅。心想著，還真年輕啊！再回頭看看鏡子，開始想像著自己三百五十歲的樣子，如果我有那樣的年紀的話。我已經沒有眉毛，光禿禿的頭頂上戴頂圓形毛帽。如柳月的雙眼微閉，因為幾乎張不開來。眼泡有點腫脹，眉脊處長

了一顆突起的疣，像一個小型火山，吊掛在滿是黑斑和皺紋的皮膚上。皮膚因皺紋過多，看起來堆擠起來預備做炸麻花的桿麵皮。鼻子有點腫大下垂，眼袋下垂得像兩個小餃子，而且臉頰兩側，一邊兩塊地共凝結出四塊下垂的臉袋，像四片垂掛的韭菜餡餅。而下巴加上下顎骨邊緣鬆垮下來的皮肉，垂掛得像半張有皺折的厚比薩餅。整個臉看起來像被捏擠過的一個大麵團，重重地放在我的肩膀上。

然後，我自個兒笑了起來。我看著自己被太陽曬得有點像烤成暗黃色的吐司麵包的臉，用手摸摸仍然平順的皮膚。心想，嗯，我還有時間，雖然有限，但在我成為一個大麵團以前，我得好好抓住時間。

又有一天的傍晚，我在街上走著望天。看見天上有向上蒸騰銘般，粉紅帶紫的雲朵，它用神祕不可明瞭的語言向我的心說話：「我在變化，我是變化，我的變化是你不能明瞭的。」我注視著天上的雲，它的確一直在變。我走幾步路就仰頭看天，持續地邊走邊仰頭看，感覺雲朵越來越大，靠我越來越近。只是，我等不及看最後的結果。天色已暗，於是，我轉頭回家。

不知何時，問題悄悄再度襲來。而我，到底已經是座建成的城堡？還是仍在建築之中？或者是本早已建成，而現在正在凋毀之中？無論答案如何，我都得警醒。

成熟

當太陽西下的時候，應該是我們生命成熟的時候。

生命成熟代表了我們接受、滿意並欣賞我們現在的光景，即使現在仍有許多性格的不完全與物資上的缺乏，但是我們仍會接受並感謝現在我們所擁有的光景，而且完全可以喜樂。

有多少時候，我們不喜樂，更別談滿意和欣賞境遇了，那就是一種不成熟的表現。小孩子永遠不會滿足，直到有一天他長大了，大到開始學習知足和感謝的時候，他就踏上了達到成熟的道路。前往成熟的道路不是生物的生長，而是心靈的成長。生物的生長需要固定的年日，像稻作需要半年的時間始可收成，果樹需要十年方能結果。而心靈的成長則需要神的憐憫，沒有祂的憐憫，任何人都不能脫離愚鈍，除去冥頑。心靈的成長不照物質生長的定律，乃照神憐憫的原則，無法用年日衡量計算。

心靈的成長不是身體的長大，乃是心理的頓悟，就是開竅。人可以一日開竅，也可以終生蒙蔽。人若開竅，就能看前所未見，聽見人所未說，能滿足於全然不完美的情況，為現有的缺陷感謝。那就是一種心靈成熟的表徵，心靈成熟的人能夠真誠，喜歡寬容，善於赦免，樂於助人。心靈成熟的人如清晨的甘露，為周邊人所喜愛。心靈幼稚的人為人所厭惡。

我們無法祈求讓我們的心靈長大，除非你有謙卑的心。謙卑本身就是一種長大的表徵，心靈成熟的記號。小孩子也可以謙卑，因此小孩子也有機會成熟。老年人也可能驕傲，因此老年人不見得都是成熟的。人的成熟不在於身體的年紀，而在於心靈的深度。建構心靈的深度，在於一顆單純、明亮與謙卑的心，那能使人趨向成熟。

夕陽時刻，含蘊成熟溫煦光芒，象徵生命飽和溫潤能量。夕陽非一日而已，若我們願意，向生命謙卑。就如夕陽日日臨到，我們也可天天成熟。

白雲心陽光情

北加州有點像冰封的大地，今天竟然放晴了。天空晴朗了，心裡的鬱悶一下子也像長久聚集在一起的鳥群，忽而一溜煙地全散了。

聚完會，照慣例地，清華姊妹就開車在著我們往Farmer's Market去，不是為買菜，而是去逛逛各種蔬菜水果攤子，嚐嚐各種甜美多汁的試吃水果，撿些收攤前會打折的地瓜、蘿蔔和很怪的青菜等。那似乎是一種很容易叫人愉悅的旅程，不用出任何代價，就有陽光、舒爽的空氣、清爽怡人的藍天、新鮮的蔬果、各色人種、大人小孩等事物可以欣賞玩味。

妻子和清華姊妹一下了車就不見人影，消失在熙來嚷往的人群中。而我則留意於天邊的雲，相當的簡潔、明朗、有趣，駐足半天後才走向人群。開始觀賞市集裡面的人，各種膚色的人種們他們之間互動的狀況。

市集裡都是搭著棚子的攤位，有賣各種蔬菜、水果、根莖類植物，有製作果醬、蜂蜜的，有賣盆景、盆栽的，有吆喝叫價的，有討價還價的。場面還算熱鬧、溫馨。我四處遊走，一直碰不著妻子和清華，所以我就盡情的享受當下悠閒的感覺。

沒多久，看見妻子手中提了一袋橘子來跟我求救，她說太重了，她提不動，要我看守那袋橘子，她好去尋找清華。我就停在市集中的一個十字路口中央等候，繼續享受冬天溫暖的陽光。早晨凍得有點僵硬的四肢，經溫煦的陽光緩慢地浸潤和推拿下，真的有種懶洋洋被催眠的fu，若不是想著接下來的事情，真可以站著睡著。

五分鐘後，妻子從遠處又提了一袋橘子走來，我以為她替清華提著她的橘子回來。結果，她說：「我又買了一袋，因為便宜嘛！品種也不一樣！」

當我們上車時，我和妻子提了三大袋的蔬果放進後車廂。清華買了什麼，我倒沒注意，只記得她在去的路上就說她已經買過所有的補給品了，幾乎不用再添購什麼東西了。所以，到Farmer's Market只是為了陪我們，或者只是喜歡在那裏的感覺而已；陽光、新鮮蔬果、放肆的試吃、無盡的笑容等。不過，不管我們三個人各自買了什麼，心裡都感覺我們是滿載而歸的。

妖豔的邀請

望見它總會把人帶到遙遠的時空裡遐想似的的三張沙發椅，就在台南市南門電影書院的二樓展示間。

它們安靜地坐在那裡，應該是站在那裡，像坐著一樣地站在那裡。看見它們第一眼就被吸引住了，從它們光滑妖豔的身體上，好像不自覺地發散著某種魔力，把我像漩渦一般地捲入其中，叫我不能自拔。

它們像張開雙手般的邀請著我坐在它們身上，但它們的姿色太過妖豔，讓我望而生畏，一時僵在那兒，身子動彈不得。不，應該是自己陷入目眩神移的感覺裡了，以致完全忘了它們的邀請。發愣間，我彷彿看見自己坐在其中一張椅子上，「撲」的一聲，椅子突然幻化成了一灘紅粉，將我全身包裹吞噬，像Terry Gilliam的「巴西」中男主角在影片結尾段落裡墜入媽媽朋友喪禮的棺材裡一樣。

應該在並不很長的時間裡，我從恍神境界裡出來，驚訝的魂識像打了個寒顫，然後手持照相機，按下快門。

雲想世界

每天籠罩在我們頭上的雲，常讓我們驚喜，也常造成憂鬱，端看你用什麼態度面對他。

我認為雲是個相當fascinating的東西，似有若無，變幻莫測。他平常很溫和宜人，從不惹你的注意，像個你永遠會忽視的路人，因為路人太多了，不容你多勞去記憶。你從不會想去記住任何路人的臉孔，你看天上的雲也是這樣。我永遠記不住昨天的雲和今天的雲有何不同，也很少看見人在路邊駐足仰天看雲。或者跟朋友說聲：「走吧！我們看雲去！」或許，魔術師Dynamo從你身旁經過，開始表演魔術，也許你會駐足觀看，但是對於天上的雲會產生興趣的人，就我所知，沒有，一個也沒有。

我卻常常看雲，因為我覺得雲有個性，有無邊的創意，常激動著我的心靈。每當我仰頭看天，我從沒有失望過，除了少數灰濛無雨的日子外，他們永遠會給我想像不到的型態和氣氛。我可以花上半小時，只是看他的身影、形狀、情緒和質感。我會分析每種雲的心情和意念，試想如何描述每種雲的樣貌，雖然沒有明顯的結論。但是，思想他的出手「展演」，就足以讓我奮興半天。

八月十七日，我從捐血中心走出來，被判定不能捐血。頓時，恍然大悟，我才動完手術未滿一年，我的血不夠健康可以捐給別人，也許一輩子與捐血絕緣。這時，天空被厚厚的雲層遮滿，泛著灰藍色的陰鬱光澤。雖然半面天空被烏雲遮蔽，但另一半仍有空缺，白色的光從那邊侵襲過來，所以我可以觀賞一半被烏雲遮蓋但另一半卻有明亮照明的天空，氣氛很是怪異。但心裡卻興奮莫名，沒有特別的理由，只受那樣的光感激動。像是雲安慰著我說：「雖然烏雲密布，但是仍有天光返照，做你的驚喜。」

我喜歡看光，也喜歡看雲，光和雲真是絕配。他們像是一種生物的兩種形態，可以彼此融合、交流、分離與滲透。雲中透光，光裡捲雲，互為表裡，渾然自得，生命的現象自然流露，溢於雲表。

其實雲是一種氣，或稱水氣，更精確地說。水充斥在天地之間，自由流轉，雖然賦流形，在自然的運作中，卻展現神來之筆，在天空的書寫。是誰在握筆，快意揮灑，令人驚艷？是誰的意念，複雜深邃，奧祕難測？還是單純若水，透明清澈，簡單像小孩子，純潔無瑕？而人是思想的動物，我們能否也在心中掬一朵雲，推一捲雲，讓世界驚艷，世人稱羨？我們的思想言論，能否也帶給世人像雲帶給我們一樣令人驚喜又亮眼的啟示？

夜拍的思索

夜間有種特殊的魅力，隱藏在黑色帷幕之後。當你用相機對準它，長時間地捕捉它時，它神祕的色彩就要顯現，其詭異的調性，超出你的想像。

我家旁邊的公園，常是我獵艷的場所。看似無稀奇的景象，經過特殊角度的選裁，無意間的觀看與注視，竟可以提供你和白天完全不同的感受，景物好像塗上了層魔幻漆似的，事物因此改變，散發出媚惑人的光閃。

夜間的拍照不同於白天，需要腳架的固定，否則事物就會模糊，失去應有的光彩。夜間攝影往往耗時很久，也需要一再的試驗，找出最佳曝光的時間，然後，重複拍照，直到滿意為止。

有時我在幾乎全黑的狀態之下，搜尋夜中的風景，好像盲人聽風，潛水夫在不透光的深海游泳。雖然，我不知可以取得什麼，捕獲什麼，但是心底總是抱著盼望，並且知道結果一定會看見什麼，留下什麼，這就是夜間攝影的樂趣，有著一種對未知結果的期待與興奮。

看見影像是需要等待的，因為我們必須在黑暗裡等候光。在黑暗裡看起來好像沒有光線，但若是你肯等待，光會經過時間而來，照在你的底片上，使它逐漸感光，讓景物慢慢顯露，而且越來越清晰，直到它完全顯現為止。但是你必須有耐心，給暗中之光時間沈潛、醞釀，和曝光，至終它會將夜中所隱藏的真相完全向你顯露，那將是悅人耳目的景象。

還有一點需要留意，就是不能過度曝光，雖然在夜裡發生機率不大，但仍是有可能的事。當曝光過度時，影像的細質也會被光洗去，剩下失去質感或模糊不清的影像，像泛黃斑剝的記憶腫瘤，在時光診所中，被記憶的雷射刀緩緩地切除。

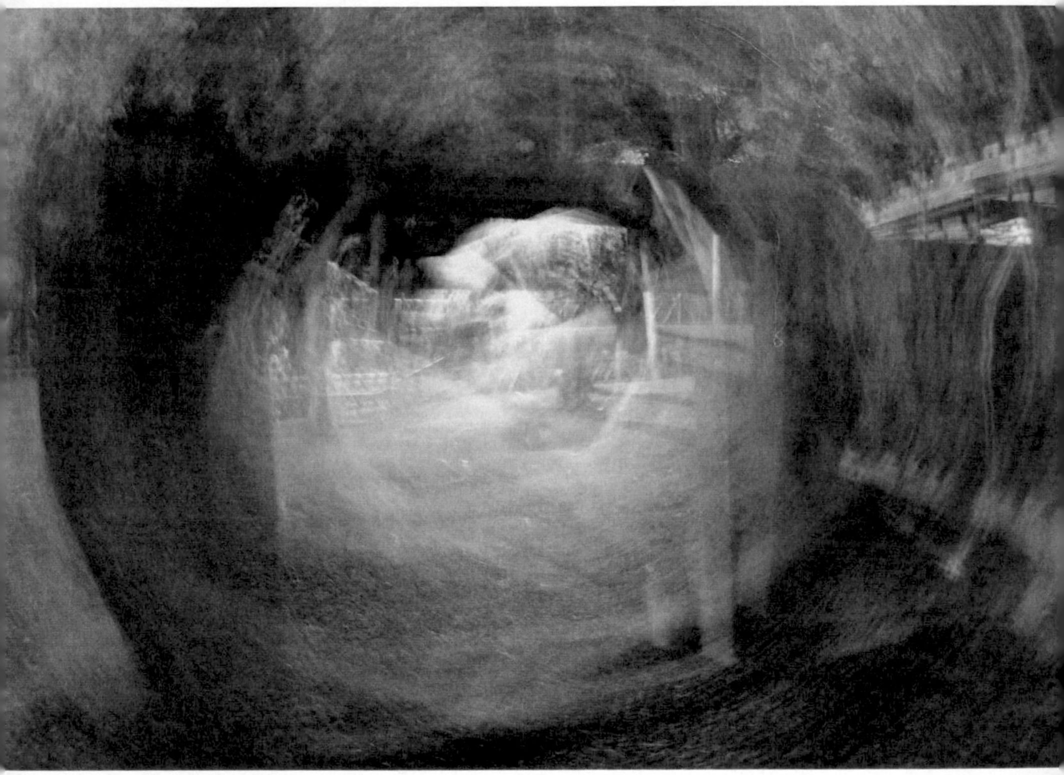

兩個世界

我又走上這乾爽明亮的街道，地表乾裂，空氣中帶著寒意，涼風襲襲，這竟是夏日。心想，好冷的夏天。

光線永遠是充足而過量的，你需要稍微瞇著眼睛，享受從眼角滲進瞳孔的閃閃熠耀，像是在暗室中透入光線的明窗，令你渴望外面的清明爽亮。

一回神，我發現我就走在一個被光充滿的世界，街道寬敞，天空廣闊，沒有什麼建築遮住你的視線，巨大的天空下，住宅顯得低矮嬌小，個個整理得窗明几靜，一塵不染的。偶爾幾部車子開過，在每個十字路口停下，靜默幾秒，司機向左右空無一人的街道望了望，然後繼續向前駛去。好像有個無形的世界與他同時存在，他仍然需要尊重那個看不見的世界的法則，靜默幾秒，然後繼續向前行駛在自己的世界裡。車子裡坐的人，有墨西哥人，有中國人，有美國白人，還有印度人等種族。

路上真的不太有什麼行人，空曠的街道，像個道具擺飾著，像個預備用來拍電影的道具街，已經陳設完成，然而電影計畫因故延宕，至終沒有拍成。只是電影街仍然保存著，成了觀光街道。但因景物太過平常，以致乏人參觀，街景大致保持完好，只是代久年煙，面貌有點陳舊了。

四周聽不見什麼聲音，如果你用心去聽，還是可以聽見來自不遠處的高速公路的喧囂聲，相當固定而沈穩的震動著，像是在這個安靜的世界外存在著另一個世界，持續穩定地運作著。抬頭你會看見渺小的飛機，在遠方緩緩劃過天際。每隔幾分鐘，你就會看見一架，出現在不同的方向。我不由得會想，坐在機上的乘客，都在前往同一個目的地，在他們的世界裡各自忙碌著，進行著無數龐雜無可耽延的計畫。而我們都像無數交錯的前行線，其中並不存在著交集的機會。有時候，甚至連我們身邊的人，都像在我天上飛機裡的乘客一般，難有交會的日子。

在這樣安靜的世界裡，幾聲狗吠驚擾了我的心神，當我走近一道籬笆旁，狗聲越來越大，我從籬笆木板縫瞧見一隻小頭的狗，伸出鼻子向我叫著。這也難怪，平時太少人經過這裡了，以致我的出現，成了牠心頭的驚擾，非得猛力釋放壓力不可。我站在籬笆外朝牠的小臉盯了一會，牠竟面帶疑懼膽怯地退了幾步，聲音也帶著不確定性。牠可能在想，到底這樣的狂吠，是有意義的嗎？我個人覺得意義不大，但對於牠這隻甚少見人的狗，我無法苛責。

也許我們真的不存在同一個世界裡呢！剛剛的交會，只是美麗的錯誤。

我走路的時光，除了偶一的狗吠，四周主體是安靜的。園中的樹很安靜，路邊的灌木叢很安靜。天空的雲也很安靜，一直不作聲地變化形狀，除非我盯著同一塊雲不動，我還可以感覺他們像是靜止的，但只要我一轉頭，多走兩三步路，然後抬頭再看看他們，他們總像換了個面貌似的，卻又裝做無事地擺著靜止的姿勢。與他們的互動，使我像個走路不專心的小孩，路程總是被他們的頑皮耽延著。

這地的生氣，若沒有烏鴉來嘎一角，恐怕要一將功成萬古枯了。烏鴉的確是擾人的動物，從他們的長相、飛行的姿態，到牠們的叫聲，都叫人不快。我原本心情寧靜，與世無爭。但先是聽見一聲、兩聲「阿！阿！、、」，然後一連串的「阿！阿！阿！……。」沙啞乾燥的叫聲，讓我的心情像平靜的湖面，突然翻騰不已。牠們在我頭頂上四處盤旋，大聲叫嚷，好像在對我品頭論足，如一群三姑六婆在巷道中嚼舌頭般地，大肆喧嚷著。

我加快腳步，迅速逃離了牠們的陣地。片嚮後，總算清淨了，我再度放慢腳步，回到我原來的步調。只是有一剎那間，我猶豫了。我不太確定，我現在所處的世界，到底是我來時的世界，還是我已經從原來的世界，跨越到一個新的世界裡去了呢？

此時，天空又迅速變換了一個姿態望著我，好像帶著忍笑的表情。

季節的呼喚

一天下午，落雨松乾黃的松葉把我家門前的濕泥土鋪滿了，形成咖啡色枯葉與綠茵紛雜交錯的地面。

我想起了四月白流舒細碎花瓣鋪滿綠葉峰頂的樣子，霜淇淋般濃郁白色的乳液豐盈地向外流溢，一時竟像被春寒凍著。那不過是半年前的事，但竟像是隔了好多年，無意間翻開被灰塵沾滿的書頁，記載著無數個曾經激動、寂靜、表情昂然的逸事。我並不惆悵，只被公園裡滲透出來的綠光吸引。於是我踩著落雨松的枯葉，踱步走向隱藏綠光的方向。

此時，有許多事件隱隱進行，跟我的步履同步。陽光從垂掛樹幹邊的枝葉中映射出來，綠葉顯得特別明亮，像戴了副綠色眼鏡，綠成了更綠的綠。我站在樹下停滯，找尋觀看綠葉的角度，它們並不迴避我，只是被微風輕輕吹動著，藉機閃避我的窺視。我留意在草地邊緣接近溝渠的地方，有隻長得像土雞的鳥，身上的毛有點花紋，我不知道牠的種屬，只知牠保持特別的姿勢，為了在規避我的視線。我向牠盯視了數秒，牠也保持無比靜默的姿態，像個雕像。然後，我決定放棄對牠的盯注，轉身離開。

用石塊排列出來的步道上，一個外傭女子推著一個呆滯的老人，老者不能稱是女性，只是看起來是個老婦。因著年齡和疾病的原故，老人似乎已經幻化為如木頭般的生物，察覺不出來的呼吸像年輪般地把她層層捆住。不經意間，我感覺她像是塊被推出來曬太陽的化石，免得因氣候過分潮溼而長出青苔。外傭把她推到公園一個庭院中，然後在旁邊的木椅上坐下，拿出手機打撥電話。霎時，她們兩人都像幻化成公園中心的兩座雕像。時間像細得看不見得繩子，一圈圈地把她們圈住。

陽光不知何時從厚厚的雲層裡佈射下來，像經過個巨型的濾光網一樣，光線顯得相當柔和。我來到一棵長得像兒童畫作中的樹前，它長滿了一樹如手掌般大小的葉子，像是專為提供兒童寫生用的樹木。當時，我並沒有譏笑它的長相，雖然，我內心裡感覺它的造型還是極為樸拙好笑。我繼續尋找觀看大樹葉的角度，偶爾偷視一下公園中心的老人和看護，另我驚訝的是，那裏已經像個坐滿群像的市集。我細數了下，有五部輪椅，五位外傭女子分立旁邊，輪椅上面分別坐著兩位女性，三位男性的老人，都像是來自不同世紀，呈現出不同硬度與年紀的化石，他們中間還有三條掛著狗鍊的狗。

隔著一坐爬滿綠籐葉的牆，坐落在公園另一角落的亭子裡，坐了一對母子。他們嬉笑的談話聲偶爾傳到我的耳中，一時與外傭群嘻嚷的交談聲交織在一塊兒。我在抬頭注視紅綠交錯的大葉片時想著，為何他們在那兒聊人？我無意的探索，外傭們帶老人外出晒陽光，綠樹挺立，山雞獨立，五色鳥在隱密處，冬眠的蟬，已逝冬天的聲音和綠光，許多我看不見的時間痕跡，霎時，全都交織在一起了。那一剎那的時光，好似快速的光影閃現，在我的心坎兒低下水珠，激起陣陣漣漪。

幽山藏愛

年紀越大，越珍惜與家人在一起的時間。雖然，自己越來越急於想完成一些事，需要佔用更多的時間。

只是有些事是根本急不了的，像是賺錢、賺取名聲、消除所有的誤解、除去與人的間隔等。世界上有許多事物會疏離我們與人的關係，離間我們，攻擊我們的心思意念，使我們與人疏離，誤解別人，或被被別人誤解，對象甚至常是就我們的至親好友。一旦誤解形成，間隙將持續放大，像裂開的地層，輕微的移動都會造成難以忍受的震動、破壞力和殺傷力。這還只是第一層的間隔所形成的，肇因於外在的事物，好像灰塵遮蔽了窗上的玻璃，時間久了，就叫人難以窺見室內的風景，室內的人也難見室外風光。兩邊的人都還是原來的人，只是再也看不見彼此。

還有一種形成人際間的間隔的原因，乃是從內而來，肇因於個人的因素。首先是人的野蠻、差異、無知、自私與顢頇會帶來最初的傷害，然後負面思想的氾濫與膨脹，是維持傷害與誇大傷害的罪魁禍首。而主觀與蒙蔽則是構成固執與不饒恕的最大因素，這些都造成了人際間的隔閡與間隙，使人彼此不和，互相敵對。輕則不尚往來，重則兵戎相見。如果是親人相仇，那可真是人間悲劇了。然而世間有許多的家庭、家族、手足、夫妻、朋友與同事之間，其實是存在著敵眼相對，恨意相向的景況的。這也是為什麼世上有這麼多離婚、兄弟鬩牆、朋友失和、民與民相爭與國攻打國的事。集體之間是失去了和平，而在個人裡則是失去了安息。

當我越年近花甲，發現我的心境雖漸趨平靜，但情緒反常處於焦慮。那是一種極為矛盾的感覺。因為，對於已經做到的事，我可以安息，但對於我仍感無力的事，將因年歲加增而心情愈感沈重，一種膠著與遲滯感常襲心頭。我擔心在我離世之前，得罪人的過犯若沒有清理，與家人間的心結若沒有解開，那將是多麼令人扼腕的事啊！與妻子兒女在一起，都常有摩擦衝撞而產生無意圖的芥蒂，更何況遠親和近鄰呢。不擦撞還好，若不幸摩擦而造成誤會，那要等到幾時才能彼此告解，消除芥蒂呢？懺悔與饒恕果真是這世代最需要的美德。

為了彌補與兒子之間因長年的分離而有的疏離，所以我和妻子答應他的邀約，一同到他常去禁食禱告的地方看看，位於北加州的赫門山（Mount Hermon）。到那裏將近有一個小時的車程，一路上兒子跟我解釋為何需要到山上去禱告，而不僅僅留在自己的居所禱告。他提到禱告分有兩種境界；一種是求恩膏的禱告，就是使徒行傳裡的禱告。藉著聖靈的澆灌，人得著神的能力，可以去做事，傳福音，醫病趕鬼，行異能等。而另一種禱告，是國度的禱告，就是將神國的豐富與榮耀帶到地上，那種禱告是需要完全被聖別，包含人的身心靈與禱告的地點，也就是是聖經裡所說的內室吧。赫門禱告山是個私人開闢的基督徒活動中心，提供給各基督教團體舉辦活動的地方，位居山間，遠離塵囂，林木沖天，環境清幽，確實是個適合禱告的地方。

兒子帶我們參觀他常使用的兩間禱告室，嬌小樸素的房子僅有一扇木門，一口小窗。內裡地面只鋪有容兩人躺臥大小的榻榻米，沒有家具。所有飯店裡的基本設備一概缺如，僅有一扇落地門，面向山外，可以觀賞山景。房與房間有甲板相連，戶外有板凳可以小坐。這些禱告室可以免費使用，只要事先預定。

參觀禱告室時，兒子想起一個事件，興奮地跟我們說著。二〇一一年三月十九日，此地就在禱告室的下方十公尺處，有龍捲風掃過，周邊參天大木被一一捲起，眼看就要將禱告室也一一拔起，在聚會堂裡的聖徒們迫切禱告，令龍捲風略微偏離，從禱告間旁擦身而過，風過後竟然發現禱告室全部毫髮無傷，安然屹立。

我們往高處行走時，看見了一個墨西哥團體，正在一塊空地上聚集。帶著矮胖結實身軀男女老少的墨西哥人，圍成一個圈圈，有一個年輕人正用顫抖的聲音作著見證。不久後，他講說結束，眾人拍手鼓勵，溫暖在他們四周繚繞，陽光中像泛溢著上升的蒸汽。

再往上攀爬，我們來到一個台地，上面立著一個巨大的十字架。

「我們來禱告！」妻子說。

還沒等我們回應，妻子已經將雙手合十，按在十字架上，閉上雙眼，認真地禱告起來。禱告的內容是祝福妻子和我的家合起來的四個家族，包括其中所有的成員和後代子嗣。求神祝福這些家族成員，個個都蒙神眷顧，脫離兇惡，並能有基督的信仰。不認識神的能認識神，認識神的能愛神，愛神的能服事神，沒有一位離開神。我在一旁也以默想禱告，求神能做我們每個家人心中的和平，除去我們之間所有的間隔，使我們能彼此相愛，仇敵在我們中間沒有地位。

我們繼續在園區逛著，當下森林中溢滿的芬多精，透過林木葉片溫煦耀眼的陽光，還有三人在一起的家族情感網絡，頓時間，把我們的心清洗得清澈無比，溫暖得耳角暖烘烘的。

離開園區時，在門口有個牌子上寫著諾大的字說：「你們的禱告已得答應！」

只有從自己的家做起吧，超過我兒子以外的親人，我真有鞭長莫及，無法使力之感。有時候，無法表達愛，或不會表達愛，常是人際間與親屬間產生隔膜的主要原因。而表達愛的企圖和表達愛的行動，則更是突破僵局的關鍵了。不過，若一旦當我們有機會面對我們過去的錯誤時，真要求神給我們一顆寬廣的心，使我們能適時大膽地懺悔與勇敢地饒恕，獲得真正的和平與安息。

思想電影烏鴉與蜂鳥的你

你猶豫這是不是一個美好的世界，你的腳步未曾停歇。你不斷尋覓，常常嘆息，時有滯礙。你常思想，但你仍想不通許多事情。

有一次你看電影，是個簡單樸實的故事。樸拙的人物，質樸的觀念與行徑，令你的心有點被打動，像寧靜的湖面起了點漣漪，直抵達你的眼窩。你想，這樣好的電影，電腦螢幕上卻有點污垢，表面沾染了細細的灰塵，妨礙了你觀看的感受。於是你把電影停了下來，盯著螢幕思想，要不要到廚房拿塊除塵布，蘸點水，把污漬和灰塵擦掉。叫你看故事的時候，沒有塵埃的阻隔，心思更加清明，使你更能進入故事裡的世界。

你猶豫了會，緩緩地壓下暫停鍵，電影停了下來，畫面正好停在一片金黃色的海面，你盯著螢幕，讓心裡的音樂在腦海裡繼續徜徉放送。那時，靜止的畫面，泛著金黃色光芒的螢幕表面，似乎把一顆顆微細的灰塵都融化掉了。一時，你竟看不見原來一顆顆礙眼的灰塵了。你看見在金黃色海面的上方，有一隻海鷗在飛翔著。然後，你進入了海鷗的視點，享受著海鷗飛行的樂趣，宛如宮崎駿動畫世界裡飛行少女的自由與無邪。你的心暫時得了安慰。

有一天早晨你醒來，看見窗外枯乾的樹梢上有兩隻黑色的烏鴉，體型碩大，竟能站立在纖細無比的枝椏上。你突然感覺這世界很突兀，很不協調，有許多叫人啼笑皆非的事。可是烏鴉站立在細枝上，與你何干？它們只是安靜地站立在樹枝上，思想著它們自己的命運和事物而已，有哪一點礙著你了呢？

你轉頭看見一隻蜂鳥，振翅高飛在另一棵茂密的樹梢邊。它的姿態輕盈，來去快速，左右上下橫移挪動，如入無人之境，所過之處，絲毫不留痕跡。你想要專注望著牠，定睛於牠的一舉一動，看看牠想要製造什麼新鮮事。只是，牠行動的速度，叫你很難專注。其實，牠並沒有創造什麼奇蹟，牠只是迅捷地奔走於樹葉之間。然後，只在五秒鐘之內，在探清了周邊景況，收集了足夠的情報之後，牠以每秒七・五公尺的速度飛離現場。

奇妙的是，你的心裡竟似攪起軒然大波。牠的迅速離去，好似把繁茂的春天帶了出來。你似乎看見，牠飛過之處，左右各拉著一扇巨大帷幕，給大地鋪上了五彩繽紛的顏色，鳥語花香立現四圍，陽光四方普照，大地一片生機。於是你希望牠飛，繼續的飛，飛得越遠越好，好帶出更廣大的春天。

這世界按著祂自己的定意，自己的時辰，運行著自己的生長與作息。你的生命氣息，能否投在這巨大的流裡，滿足這巨大的生長的呼召，配合祂自己的節拍，使你的生長能有分並共同編織和構成這宏大而美麗的圖畫呢？思想吧！思想的你！願你追上祂生長的腳步，與祂合拍。

杵在神的山面前，你作何想？

人生的路程像一片草原，上面有我們的食物，也有各樣的險阻。路程很長，需要一步一步地向前行。至終，只要你看清目標，戮力往前，也許你可以抵達目的地——神的山。

生活的空間像一座草原，草原是綠的，像牛羊的牧場。我們是被放牧的牛和羊，只要移動腳步，稍微尋找，就有可吃的食物。食物不見得是山珍海味，但是只要你認真咀嚼，自然會找到事物的滋味。

距離是一大問題，眼看同伴都離群索居，總會感到孤單。雖然，我們都是同類，但也會有性格癖好，意識型態的分別。那會叫我們有天生的差異，以致心生妒羨、猜忌或莫名排斥的情緒。當

然，也會有心思姣好的牛，試圖拉攏彼此的距離。

天地本來夠大，卻因我們心腸縮小。你我容不下彼此的想像，不是彼此逃避，就是殺個你死我活。這使得每一舉步都會猶豫，任何念頭都要蒙灰，除非你有夠大的肚量，才能夠欣賞你我心中隱藏的異象。

好吧！接納也罷！猜忌也罷！無論如何，總得放膽舉步，努力前行。距離雖遠，心思更長，但若不前行，將永遠坐困愁城，曬光作影。神的山不是目的，而是往前的方向。祂用光影繪圖，雲靄作畫，塗在你我心底夢裏千尋。

路很渺小，在遙不可及之處。但是意念產生力量，專注引發創意。天地就要變成樂園，世界乃是愉悅之地。若你我皆能善用資源，尊重這地以及彼此心懷，神山不遠，就在眼前，舉目即是。

乾濕冷暖心，艱澀溫潤情

清晨醒來，天是陰的。已經許久天不下雨，有心人士，四面八方，明處暗裡，多方求雨。而雨尚未落下，我的心先下雨。

加州自二〇一二至二〇一五年間面臨五百年來最大的乾旱，州政府開始實施限水措施。真的，我家的後院草是枯乾的，跟捲曲的黃色稻穗一樣。綠色的雜草像輕率的畫家不小心點灑在黃色畫布上的顏料，不規則地佈滿四處。地面上散發著水氣，草葉上竟閃耀細碎明亮的水珠。我心裡頗為驚嘆，大地正飢渴乾旱的時候，空氣中的水竟來救援。好似一位倒臥路邊即將渴死的荒漠過客，有人用沾濕的毛巾溫潤了他乾裂的嘴唇。世道真不可測！

我每次逛加州的荒山，總有說不出來的乾旱感。空氣是乾的，土是乾的，草是乾的，路邊的石塊都是乾的，藍天也是乾的，沒有一處的有水的意象。但是人心是熱的，因為每次我走在乾旱的山中，總有親人的陪伴。不難想像，若隻身行走其中，將是何等的枯竭無味。

我不知道今年我來美國，竟遇見了加州史上最大的乾旱。加州冬季應是雨季，荒山會變綠山，以往遠看那一幢幢綠油油的山丘，甚是美麗。但今年乾旱，荒山仍是荒山。光禿禿的荒山上什麼都沒有，只有附著其上的黃色芒草，遠看像鋪著柔軟地毯的土堆，近看像長滿刺的荊棘，讓你不敢親近。很難想像，遠觀竟是可愛無比，讓你想在其上跳舞翻滾與溜滑梯。

一日下午，我妹一家約我與妻出外郊遊。走山的時候，思緒並沒有停止和淨空。反而常常觸景生情，睹物思情。想的淨是年歲流離，親友疏密分合的事。我們走在現在，談的都是過去，那記不清什麼確切的時候，我們一起做了什麼事。談論最多的是一起旅行的故事，誰站了起來，誰又跌了下去的軼事。我特別珍惜和妹妹一家一同旅行的時光，因為時間不多，但是總叫我回味無窮。其中有親情的依偎、家族歷史的反思與慨嘆、世事的變遷、年紀的老逝、成長的讚美與駭念等，佔據了我們最大的談話空間，也常堵住我們的思路。我們常因此陷入不自覺的沉默。

所以，我們出外好似進入了一個虛擬時空中意識交流的平台，讓我們個別生命的舞台得以交匯，互相展現。我走在與妹妹同一個山丘裡的小徑上，思緒雲遊在過往十年的每個亮點，那不時閃現在記憶裡有時凝重有時輕佻的精彩時刻。我們說得比想的少得多，但是生命像不同火苗匯聚成的一個火炬，把彼此的臉龐都照得黑裡透紅，放溢著光彩。

同樣的地點我已踏過幾次，而同樣路徑的風景已經改換。空氣中流動的是我們每個人呼出的氣息，生命的元素，各種情緒，稍縱即逝的想望、鄉愁與希冀。可以確定的是，我們得繼續的走下去，把既定的路程走完，走到終點。無法確定的是，我們還能走幾回，再走的時候，我們還能帶有同樣的體力，同樣淬勵的激情？

唐朝詩人杜甫說得好：「細草微風岸，桅檣獨夜舟，星垂平野闊，月湧大江流。名豈文章著，官因老病休，飄飄何所似，天地一沙鷗。」景隨人心闊，氣定自然閒。每次的相聚，每次的走路，都像是一趟生命的旅程，需要耗費一輩子才走得完。但是，每次都結束得快如雲煙，轉眼即逝。這些年，我們一同相聚的日子，雖不長久，但卻很快速。無法祈求，我們越來越年輕，可以期望的是，我們再一同走路的時候，能夠如杜甫所說，逍遙自在，了無牽掛。

卡通綠丘之實景幻境

——記Dry Creek Regional Park之遊

小時候，我很喜歡看卡通片，記得美國卡通片中的動物角色，動作滑稽，移動快速。牠們可以在瞬間從銀幕前端消失在地平線的另一端，搭配一聲「咻」的音效，如果地是平的話。

更多的時候，地是起伏不平的，像兩三個饅頭間歇排列的隊形，道路匍匐其上。奔馳的卡通角色，就會一二三上下顛簸地遠去，消失在地平線的一端。那感覺是挺有趣的，奔跑的動作像坐雲霄飛車一般，劇中淘氣的或酷愛惡作劇的奸詐角色總是可以從各樣的險境中，以流線型的優雅路線瞬間脫逃，搭配著「咻、咻、、咻……。」的音效，在上下起伏又光滑如饅頭的土地上。

這種景色在我後來長大之後才發現真實存在，並非完全虛構。有點像看中國國畫的景色一般，常見的雲霧山嵐渲染於峰壑巔間，奇山怪石吞雲吐霧等景象，在我後來登上黃山後，發現世上竟真的有那樣的別緻景色，絕非畫家虛構想像。小時我所見卡通片中的山丘地景，其實就座落在加州沿海的眾多山脈中。當然，美國內陸也不乏這樣的風景，但在加州的縱貫高速公路的兩側，是時常可以看見這樣的景緻的。

昨天和妹妹、妹夫、侄子與兒子一同到妹夫家附近的山丘公園登山，我又看見那如饅頭形狀的山丘，上面鋪蓋著綠色的草皮，光滑柔軟一如綠色的沙發，令人想在其上彈跳滑行。時候已經入冬，氣溫卻是加州當季史上最高，從車裡出來，踏在停車場碎石地上，發出窸窣的聲音。短時間下，皮膚上便有股濃濃的暖意，陽光閃亮得叫人非得戴上墨鏡。

我們緩緩走進山丘公園的入口，沿著環山的行人道走著。先是經過一段樹蔭，旁邊綠草如茵，樹林高大，葉子並不密實，光線從中滲入，地上映射的光影明暗交錯，構成生動而鮮活的圖案。有些樹只剩光禿的樹枝，仍然堅定站立，擺著美麗的舞姿，遠看像一個個姿態各異白髮蒼蒼的老人。

走出樹林，視野漸闊。一馱一馱的綠山丘在左方延展開來，一條道路蜿蜒伸向遠處，像記憶中卡通片裏的饅頭山與麵包路，走在其上的人永遠不會受傷。這樣的想像所帶來的是信心和安適，每走一步路都感覺血液在身體中流動的熱溫，全身肌肉與骨骼使力所產生的快感，一種來自童年夢想與美好世界的安全感和美麗想像，不自覺地從裏面散發出來。

和我美麗幻想相互呼應的就是眼前不斷推展的美麗景緻，童話般的綺麗，童謠般地迷人，足以拓展你絢麗奇想的美麗境界，一一浮現眼前。看似平淡無奇的綠丘之間，竟隱藏許多奇景，有樹蔭間乍見的小溪，林旁偶見的小湖，山谷中聳立的樹林，在逆光的晨曦照射下，顯出冰清玉潔的樹梢，令人心顫。遠眺山間樹叢，在暖暖冬日陽光的光暈輝映下，如鋪上白白的雪花。走至巨大的樹蔭下，仰看悠悠的天空，日頭從中透射，拼繪出一幅綿密偌大的天空掌紋。地面上被光淋浴的小草，通體明亮，心思晶瑩。

我們登上僅九百英呎高的山巔，它是如此平滑，宛如平地。然而若從山下往上看則像個大型橢圓土丘，從那兒我們可以鳥瞰Fremont城市。我們在那裡拍照留影，只是，拍來拍去總是有一個人不在相片裡。於是，侄子說：「沒關係，我回去用photoshop把人加進去，如此所有的人都能入鏡了。」

我的侄兒已經高三，正申請美國大學設計系中。從我記憶中他仍是個嘟著圓臉，有著圓滾滾肥胖的雙腿和雙手，總是大眼圓睜，義憤填膺地對著常愛盯著他的家人說：「我不要你看我！」的小孩子的樣子，轉眼之間，已長成為一個瘦高靈活，體健身軟，行動敏捷的年輕人，真出乎我的意料。我的妹妹，近期有著極端爽朗的笑聲，與體能極佳，身強力壯又健身有方的妹夫，對他們三個小孩，著實是教養有方；三個孩子全都攻讀藝術與設計，最大的女兒已經結婚，從事繪畫教學。二女兒快大學畢業，然已經在設計公司就職。老三也將走上藝術設計的路，靠著自學，精於電腦操作與繪圖軟體，所以在實景中加入虛擬的事物，實為稀鬆平常的事。

回程中，我在路中心看見一根香蕉，可能是遊人遺落。然而，前瞻後顧下，不見有人跡。心想即便找到失主，原璧歸趙，別人可能也會嫌怪。但若留置原地不顧，也會覺得破壞景觀。於是，我便拾起那根香蕉，一路走完剩餘的旅程。

遊日本之思

年過五十，突然感覺時間變快了，感覺還有許多事要完成，許多夢要作。

前晚，我和妻子還睡在大阪的旅社，今天，我已經坐在家中，思想在日本五天生活的種種。我跟太太在京都住了兩晚，在大阪也住了兩晚，算是完成我們結婚三十週年的蜜月之旅。

一閉眼，腦中出現的是算是明亮清爽的天氣，城市中充滿了全部著黑色西裝的男性，許多獨行的老婦，沿街林立的販售機，裝載著各式的飲料、咖啡、香煙與啤酒，如蜘蛛網狀交纏的地鐵、捷運、公車與高鐵交通系統，不知趕往何處絡繹不絕的行人，每一個微小的空間都被充分利用，天空下鋪滿乾淨清一色倒V字形狀的瓦房，裝置典雅店面秀氣可愛的商店，住戶門口精心巧手栽種的盆景與迷你庭園。睜開雙眼，以上的景象猶在眼前，心裡不禁浮起時光幽幽的困惑；這樣認真勤奮有特殊審美觀的民族，為何在六十幾年前徵召了年輕男子，遠征中國東南亞等地，屠戮別的民族？美感與殺戮，潔淨與污穢，實在很難放在一起思想。

不過，我畢竟來到了我祖父的敵人之地，一片乾淨整齊，門面漂亮雅緻的地方。生產出川端康成、黑澤明和村上春樹的地方。雖然我並沒有看見隱藏在背後聳動他們去消滅他族的恐怖心影，但我很難不去想像；到底是這種心影從未存在？還是根本從未從他們的血輪中消失？在一張張帶著純粹血統以及偶爾混血特徵的男人和女人面孔背後，到底是什麼叫他們有這麼多的精力，勤奮工作，竭力打拼，去設計鐵路、機器人與庭園，行有餘力，還忙過頭地去侵略他族？這是源自同一種動力，抑或是歷史中性情的突變？「生之慾」中的胃癌男人，所表現的奉獻社會慾望，是否仍然普偏札根在日本人的性情中？「羅生門」中那對恐怖夫妻，「令人討厭的松子的一生」的受虐女子，以及「告白」中的黑心學生與復仇女老師，是否仍然存留在每個日本人的基因中？

無論如何，我覺得日本算是個進步而有秩序的國家，每個人對自己的事務都很認真，商店與住家都打理得有條不紊，每一個空間都善加利用，花心思設計，一點也不馬虎。此外，我們到日本的時間正是櫻花盛開的時期，這是我生平第一次親眼目睹櫻花，真是驚艷不已，令我瞠目結舌，可以用淒美絕倫來形容，與日本人求完美和專注的性格似乎有點關係。地理景觀和人文景觀似有巧妙的融合，真所謂人如其景，景若其人。

京都的第一餐

我們走在京都站外的道路上，天氣乾爽明亮。當天早晨才踏上京都的土地，連路線都還混沌未知，就想要找間像台灣的小吃店的日本拉麵店，進去感受一下日本人對吃的感覺，不曉得跟電影「蒲公英」中的拉麵店有多少神似？我希望走進一家樸素實在的，日本人會進去用餐的店，而且是傳統的小吃店。但是我一句日文都不懂，對於走進一家傳統日式餐廳，心中仍抱著某種程度的恐懼。

來到日本實在不想進吉野家，心想那跟在台灣應該沒兩樣。我們選了一家路邊的拉麵店，有點畏縮地拉開門進去，發現裡面空間著實狹小，整個餐廳只有一條L型櫃台，與僅容一人通過的狹長走道，緊挨著用餐人坐著的屁股。用餐的人有年輕的上班族，有中年

男人，有老年人。每個進來的人都專注在自己的食物上，非常認真地吃著。正在用餐的客人挪了一下位子，騰出兩個座位給我們，然後繼續用餐。

我往牆上的菜單望去，除了阿拉伯數字的價錢外，沒有看得懂的字，連一個麵字都沒有。店內至少有四位婦女，廚房內兩位，櫃台後兩位，穿著白色制服，身手俐落地裡外吆喝忙碌著。靠近我們的一位餐廳服務員，用日文跟我們說了一串話，我就用手指著牆上的最貴的一個餐點，日幣五百圓。因為我想那應該是像我們在台灣吃的那種大碗拉麵吧。太太則點了一碗價格三百五十圓日幣的拉麵，是以手指著隔壁女孩正在吃的那碗麵來表示的。牆上羅列其他的食物，雖然價格都低於五百日圓，但是終究沒膽量去點。

客人路續的進來，服務員都有禮貌的打招呼，客人坐定後立即送上一杯白開水，客人將水像清晨的甘露般地喝著。服務員在我面前擺了一個小碗，裡面擺了顆蛋，我並不知那顆蛋的用意是什麼，應該是要給我吃的吧。但聽說日本人都給客人吃生蛋，然而我不知道該如何吃那顆生蛋，若打在麵裡，溫度是不足以使它凝結，所以我自始至終一直沒敢碰那顆蛋。麵不久就來了，吃起來跟台灣的拉麵難分軒輊，只是口味似乎比較重一些。

吃麵的時候，太太注意到他們設計的湯匙很有趣，匙腰有兩處凹痕。我們試了一會，發現那是讓它固定在碗邊用的。後來，我回台後，在台灣的麵店也發現有固定湯匙的設計，只是固定的方式是在湯匙尾端作個彎勾，用來勾在碗邊。對比一下，覺得日本的設計好像更好用，雖然造型有點不整，但卻是個好用的工具。

用完餐後，新進來的一位客人，在我們斜對面坐下，看見我已用畢，伸手過來，將我前面的那碗蛋拿了過去，很自在地拿起蛋來，往桌面敲了幾下，剝了蛋殼，拿了鹽罐，在蛋上撒了點鹽，吃了起來。我才知道，原來那是顆熟蛋，可能是給我配麵吃的吧！不過，到現在為止，我仍然不知道，那顆蛋是我所點的那道食物的一部分，或是店裡附贈的前菜，怎一個冏字了得。

善於廣告的日本人

在日本京都車站內的商店街走路，驚見室內店旁有一面水簾。接著，原先看見的這一面水簾，漸漸轉換形狀，由上而下地，滴出了英文字母、日本寶塔、圓球、條狀瀑布等形狀，簡直是個動態水畫，機械水舞的表演，叫人看得目不暇給。那些英文字母，應該是廣告的內容，我雖然不懂，但我感覺日本人很會發明，為了讓人認識他（公司或廣告內容），真的絞盡腦汁，出奇制勝，語不驚人死不休。這讓我想起以前看過的日本趣味競賽的節目，每一個參賽的個人或團隊，無不使盡渾身解數，巧裝異想，服裝道具與動作的設計和表演，都讓觀者嘆為觀止。而日本人的整人搞笑節目，更是光怪陸離，無奇不有，叫人掩面噴飯，捧腹不已。

在商店街走路，基本上和台灣地下捷運站的商店街有些類似，唯一讓我感覺不同的是餐廳的櫥窗；幾乎每間餐廳的櫥窗都擺飾著一道道的美食模型，造型顏色，惟妙惟肖，幾可亂真。從這裡，我感受到日本人真的很善於設計門面，而且非常講究門面的擺設。換句話說，日本人很會創造形象，很會作廣告，搞傳銷。

此外，在日本期間，我所經過的每家商店，外表都佈置的整整齊齊，而且常常是頗具巧思。商店店員個個邁力銷售，招呼宣傳，多少你都可以感受到一種主動出擊的味道。

日本的空間

到日本後，印象最深刻的，還是日本的空間。

整體而言，日本的空間給人乾淨整齊，典雅秀氣，無縫插針，而且敝帚自珍的印象。從民宿走出來，踏在毫無紙屑雜物，一塵不染的小巷弄中，首先的感覺是，日本是個愛乾淨的民族，至少表面上是如此。要達到這目的，全民必須認真的整理環境才行。這絕對不是馬虎了事，陽奉陰違；大人做，小孩不做；女人做，男人不做，或在本質裡根本沒有愛乾淨的性格，以及完全沒有執行能力和貫徹始終的毅力所能成就的。所以，只是看見了日本的乾淨，就可以讓我們思考甚多。反身自省，我們仍有極大的改進空間。

空間是我們生存的範圍，我們生活的一切內容，我們的性格與

所崇尚的價值，都在其中演化、展示與遞嬗，都與主體對空間的規劃和整理有關。所以，觀察一個民族對空間的規劃與樣貌的展現，可以幫住我們感受、理解和觀察一個文化的內涵、性質與性格。在小津安二郎的「東京物語」中，所呈現的日本街景，節比鱗次的屋瓦，魚貫的火車，齊整的寺塔和松柏，潔淨工整的榻榻米房，已經讓我印象深刻。小津電影所呈現的視覺體驗，被譽為最能表現日本文化的節奏與美感、空間感與時間感的代表。雖然時遷境移，今天，我仍然在京都的街上看見這樣的內涵。

日本的空間雖然有限，不像歐美國家之寬敞，但每一可用的空隙，都被善加利用，毫無浪費。如果我們把我們的空間規劃，都當成小學生的勞作品來看，那麼，日本的勞作品就顯得特別細緻精巧，而且不浪費老師發給他的任何一片材料，兼具實用與美感的特性。從我粗淺的觀察和歸納，有以下兩個點可以分享：

首先，是傳統與現代的結合。日本人似乎很珍惜傳統，半個世紀以前「東京物語」裡面的空間樣貌和建築形式，今天仍然保存。但是結構都已加強，材料都已改換，只是架構與設計的精神仍然保留。我常看見在現在仍被使用的建築旁，標示著它的年歲與來源，可見日本是個很念舊的民族，不但捨不得與先祖切割，反而善加利用，成了新的附加價值。這不就是今天正夯的文化創意產業嗎？

另一個值得借鏡的城市，就是意大利的波隆納（Bologna）。直到十九世紀初，波隆納都未進行大規模的城市改造，所以波隆那仍然是歐洲保存最好的中世紀城市之一，具有獨特的歷史價值，它擁有許多重要的中世紀時期、文藝復興運動時期與巴洛克藝術的古蹟。由於波隆納保存許多羅馬遺址，所以波隆納中央大街的交通，目前仍然以步行為主（維基百科）。而日本的城市，則不但有現代化的一面，也有極為傳統的素質保留其中，設計典雅，也兼顧實用。

其次，我也看見日本人對於建築疆界的劃定是壁壘分明的。在台灣，我常看見有房舍的蓋造，左右前後不分，如連體嬰，無法切割，也就是互相越界侵分，產權不明。尤其是騎樓的設計，常奪了行人的行路權。不但門面邋遢，雜物充斥，對於公私領域的分界，更是混沌不明。講到這裡，不免有一肚子的窩囊氣。不過，看看日本，想想自己，我們似乎該花些時間整理一下我們居住的空間與環境，使它的疆界更清楚、使用起來更有效率和實用價值，而且更為美化。

炫目淒美的彩衣

在步行前往清水寺的路上，看見偶一閃現的靚女，穿著傳統日本古代服飾，梳著髮髻，纏著腰包，整齊秀美，光彩奪目，真是相當亮眼。

原本以為是當地居民自我展示的某種行徑，但後來在擁擠的商店街中，發現有一種專門的服飾店，出租日本傳統服飾給遊客穿戴，並且還幫顧客化妝打扮，直到他們像個嬌艷欲滴的日本新娘似的，或像個風流倜儻的日本武士，然後放他們出去，自由行走於大街小巷，接受滿街欣羨與好奇眼光的投射，滿足他們的扮裝慾望、角色扮演和表現慾，與時下青年人所熱衷的cosplay遊戲性質，可以說是不謀而合。

說起cosplay，連我妻子也禁不住誘惑，看見那服飾出租店的招牌，就像蒼蠅黏在蛋糕上似的，離不開了。不止離不開，還要求我一同進去一探究竟。在掙扎許久後，想到可以拍幾張照的份上，只好陪妻子一同走進一家在一個狹窄小巷中的日本服飾店。我突然想起，妻子小時家中父母正是經營結婚攝影禮服和婚紗店的，難怪對服飾這麼有興趣。不止有興趣，她還問我可不可以租一套，我說租一套幹嘛？她說，當然是穿啊！

「妳想穿？！」我詫異地問。

「對啊！不可以嗎？」妻子以有點嚴厲的語氣說。

對於妻子的提議，我真的有點驚訝，一時不知如何回應。我只好利用妻子看服飾和詢價的同時，趕緊拍照，並想想萬一妻子真的租了一套衣服，我該如何自處。我是不願意穿上日式和服在街上閒逛，接受別人好奇眼光的掃射，更不願意自己妻子在街上成了眾矢之的，目光的焦點。

妻子對於我的拒絕反應，似乎並不欣喜，一直質問我，為什麼不讓她租服裝。我不太清楚，妻子是真的想要穿日本衣服，還是為了要試探我有無勇氣作點新鮮事，而不斷挑戰我？不過，當下，對於妻子的提議，我真的是相當怯懦。

「太費時了，我們會被衣服綁住，什麼事都不能做了！」我提出我的看法。

妻子並沒有回話。而我只有提出這樣的看法，希望妻子能放棄她的想法，雖然我不知道她是真的想穿，還是只是想測試我。不過，我想，如果我同意了，妻子可能真的會去租套衣服，並且打扮起來，而我就真的必須在旁等候，很尷尬地觀看一切的流程。我很難想像，我將如何渡過接下去的時光，萬一妻子真租了衣服的話。不過，話說回來，也許那將是一種非常難得的經驗也說不定，會叫我們畢生難忘，只是我還沒有這種膽量來親身體驗這種經歷。我不知道，我為何這麼「閉肅」，並且也非常好奇，為何有這麼多人，如此樂意地要展示自己？而也有些人卻避之唯恐不及，像我。

妻子後來還是尊重我的意思，放棄了租衣服的念頭。但感覺上，仍是心有不甘，像個失去洋娃娃的小女孩似的委屈。而我則有大難不死、驚魂甫定的深切感受。

日本傳統服飾，淒美艷麗，在現代都會中顯現，如大海中珍貴的彩蚌，著實吸睛。男男女女，有誰不為之傾倒，而要駐足留連，寵愛有加呢？

下次吧！我的妻！

拍照老人的輕喜劇

我雖然喜歡拍照，但都是隨遇而安，有機會則拍，沒機會就擱置。所以長年下來，並沒能發展這方面的技藝。對於那些為攝影費時費力，樂此不疲，全力以赴的人，我只有心嚮往之了。

在清水寺附近的景點逛街時，無意撞見一位老先生，扛著腳架，上掛著相機，相機上鑲著長鏡頭，煞有介事地找尋拍攝角度。腳架放定後，眼睛靠在觀景窗上，向著遠處努力搜尋拍攝的景物，有點像個偵探，只是因著年紀有點超齡，很容易洩露形跡。他拱著肩背，穿戴像個鄉下的農夫，他拍照的姿勢與專注程度真像個農夫在田裡耕田的姿態一樣。一時間，我立刻受到吸引，在他旁邊停下，仔細欣賞他的神情。

不一會兒，從他身旁走過來一位中年婦女，身上背了幾個相機配件背袋，從袋子裡那出鏡頭布遞給老先生擦拭相機，然後又走回旁邊的座椅坐下觀賞風景。原來，她是老先生的家

人，應該是女兒吧，在一旁服事老爸拍照。

然後，一轉眼，我又注意到附近有個中年女子，坐在櫻花樹下，手持長鏡頭相機，眼睛四處搜尋，見有趣的畫面，就拿起相機喵準，按下快門，動作矯捷俐落，毫不露痕跡。有片刻時候，她注意到我，想趁我眼睛一瓢開就舉起相機按快門。我想，總不好妨礙她拍照，因為當我想拍人的時候，也不喜歡人盯著我看。所以，我就把視線轉離，然後，我似乎聽見響亮的「卡嚓」聲，參雜在遊客悠悠的談話聲中。

頓時，我們三方，好像形成了一種微妙的三角關係。我想專心拍老先生，中年女人想專心拍我，也許是我臭美，而老先生則想專心拍日本「寶塔」。人生中，每個人似乎都有一個想要追尋的日標，而拍照只是個隱喻；藉著拍照，每個人都企圖要找到美麗的圖像，令人驚奇的剎那，以及留下最美好的時光與記憶。我們從別人身上獲得快樂，別人也從我們身上吸取光彩。嗯，我不禁想著，我們個人的鏡頭到底應指向哪裡呢？

人生的輕喜劇，就在風和日麗的下午，不經意地上演著。

日式園藝工

旅遊中，常有睹物思情的經驗。當我看見兩個跪在地上修草的日本園藝工時，不免駐足觀看，陷入遐想。

記得在美國住宅區，常看見住家在自家門口草坪上推著除草機，震天價響地修理著不怎麼長的雜草，或者是有老墨背著吹風機，手上握著管子朝地面吹掃著落葉和草削，這基本上就是美國人清潔環境和整理院子園藝的方式。即使在美國的公共領域，室內與室外，也不出上述的清理方式；特點是很依賴機具，很少看見人親自用手去處理地上的雜物，撿個垃圾或接觸泥土，都是依靠工具，大喇喇地進行削平、修剪、鋸斷、截肢或鏟除的工作。拆除舊建築，更是依賴炸彈，瞬間將它夷為平地。總之，顯得相當霸氣。

在日本，我看不見這種情形，用吹風機把垃圾吹跑，或拿著電鋸在削灌木叢。我看到的是園藝工人跪在地上，用雙手在修理草坪，顯得相當鄭重其事，或者非常尊敬他所處理的事物，有點像電影「蒲公英」中所展示的，如何以很虔誠的態度吃拉麵一樣。我感受到日本人做事的特有態度，很認真，事必躬親，專注，並且注意細節，在小細節上絕不馬虎的態度。這就夠了，這就足以造就出日本城市現有的樣貌，非常乾淨細緻，有特殊的美感。

當別人專注於某個事物時，而且我們也看見它的成效，那麼，我們是否該想想，我們所專注的事物是否真正值得我們的注意力？若是，我們當持續專注，並且堅定持續，直到事竟其功。若不是，我們是否應當轉換跑道，直到所企求的目標顯現？

櫻花之美

日本的櫻花有奇特的美，它們不是一枝獨秀，而是以眾取勝；以萬蕊齊放之姿，放花海蓋眼之勢，使人為之震懾，心為之傾倒。

有點像台灣近十年興起的陽明山賞櫻季，萬人空巷，全部的人都擠到空間狹窄的陽明山山徑小道一樣，春天賞櫻也是日本傳統習俗之一，據說從日本平安時代的皇族，就有達官顯要的人進行春季踏青活動，至今已有一千多年的歷史。在櫻花盛開的季節，賞花的人們湧入賞櫻名勝，或踏青，或參加熱鬧的櫻花節，在櫻花樹下舉杯暢飲等，算為日本人生活的一大樂事，賞櫻品質，因空間與地理故，皆較台灣陽明山為佳。

日本全島都有櫻花，只是花期不同，最早從南部沖繩島開始，

一月就開花，而以北海道最晚，要到五月才開花，南北之間主要城市的盛開日集中在三月和四月。每個地區花開時間只維持七到十天，氣候的變化是影響櫻花開謝的主要原因。也許是我去的時間正好（四月一日到四月五日），我發現在我短短幾日所到之處，諸如古城、寺廟、公園或街道，幾乎到處都可見到盛開的櫻花，風情不一，但同樣令人心醉。白天看不夠，有些地方甚至還有夜間賞櫻，真是物盡其用到至極。我不知道，這是因為日本人善於利用環境資源？抑或是日本人是很有情調的民族之故？是兩者皆是？抑或另有他故？

我在日本所看見的櫻花，基本上有兩種；一種是白色的，另一種是粉紅色的。我並不知花種，因為從未見過如此同心合意的花種，所以，我見了櫻花，就如餓虎撲狼地猛按快門，像個食夢怪獸，把美好的景象當作可以收集的夢一般，囫圇吞下。也像個貧窮的小孩，見滿地的錢幣，一個也不願遺漏地拼命撿拾，不管自己口袋裝了多少，仍然不捨得停下的貪婪。唉！景雖迷人，人豈不更重於空景？只是當下又怎一個執迷了得呢？

墓地之思

在清水寺附近逛時，夕陽的餘暉中，忽然瞥見一片墓地。好奇地往裡走去，竟見一片碑林簇立，稠密擁擠，樣式一致，但高低不等，宛如一座小人國積木之城。

墓地總叫人聯想到死，所以，只在週圍，就已蕭颯。我看過台灣、美國的墓地，與日本相比，台灣的略為寬敞，而美國的簡直是天堂。可見，死後之人的葬身之處，與活人的觀念和價值息息相關。日本人的墓地雖小，幾容不下人就近瞻仰，但照管良好，似乎沒有被遺漏而荒涼的墓碑。台灣的墓地則種類和樣式繁多，好壞狀態亦有如天壤之別，好的墓地，地廣墓炫，展示家族背景雄厚實力。壞的墓地，則碑毀屍骨無存，徒留空墓，也有的被荒草覆蓋，消失蹤跡，這不是死者的子孫不孝或無力照管，要不就是煙火已然中斷。對於墓地的管理比較缺乏統一的制度和系統，完全得看個別家族的財富和觀念。

而美國的墓地是我見過最人性化，最具規模，空間最寬敞，造景也最優美的。當然，這是因為美國得天獨厚的充裕空間使然，再加上個人主義與法制精神的貫徹實施，每個墓地都有如國家公園般的美輪美奐。但我想，不論你生存在那一個國家裡，如果你沒事，也絕不會想去墓地逛逛的。

照聖經上說，每個人都難免有一死，死後且有審判。這是基督教的信仰內涵，人人都會死亡，而且在耶穌第二次降臨人間的時候，死人就要復活。這個復活應是以新的形式活著，而不是舊的肉體，因為到時候肉體早已腐朽，歸於塵土。復活又有兩種復活；就是所謂義人的復活，與不義之人的復活。義人的復活要發生在千年國之前，就是主耶穌再回來的時候。已死的信徒都要在主耶穌回來時復活，享受永遠的生命。不義之人的復活要發生在千年國之後，就是審判的復活。在千年國之後，所有不信神的人也會復活，然後要在白色的大寶座前，照著他們生前所行的受審判，並且被扔進火湖，永遠滅亡，這就是第二次的死，也是永遠的死。

兩千多年前，神人耶穌被猶太人與羅馬人釘死在十字架上，但三天後他復活了。他的復活代表了神的救恩，已經藉著他復活並賜生命的靈賜給了所有相信的人，而所有只要藉著相信耶穌死而復活的人，就可以得著永遠的生命，這永遠的生命就是要實現在千年國前復活的義人身上，今天的信徒只是在信心裡先豫嘗永遠生命的味道，就是在軟弱死沈的光景裡，仍然享受超然得勝的心境。

來到墓地，總有一種不名之哀。如果我們沒有永遠的生命，那麼，我們的生命就像生活在墓地裡，整日沈浸在死亡的悲哀裡。但想到基督信仰的永恆救贖，在死亡的境地裡仍能繼續向前，繼續行動，而不被困住，我們怎能不讚嘆這信仰之美！歌頌神聖生命的永遠長存！如果它是真實的，我們又豈能視而不見，聽而不聞？而早應該從墓地裡走出來的啊！

大阪夜景

夜景是充滿魅力，但若捕捉失當，常會令你扼腕與懊悔的場域。因為所見的拍不出來，拍出來的永遠比不上當場看見的，這就是令人扼腕的地方。但若掌握得當，也會讓你驚艷不已，大嘆神奇。

不過，也有一種情況，就是所不見的卻被拍了出來，這也許是拍夜景才有的機會。但只有不斷的嘗試，不怕失敗，才會有這種機會。肉眼所見常是有限的，只有讓電子的眼睛找到它自己最適當的角度、時間與時機，以毫不移動穩定之姿，或隨機移動之勢，恰恰好的時間掌控，精確的感度與焦點的調配，才能成就一幅豔光四射的夜景圖像。但什麼才是最好的設定？老實說，沒有一定的標準，

只有最好的結果，決定了最佳的設定。但每張的設定，其實都不一樣。

原則是，拍出來的畫面，必須是焦點清晰的，所以穩定性很重要。拍攝時若有強風，腳架又不夠穩定，那將影響畫面品質。另外，畫質要好，就必須降地感度的設定，最好是ASA100，因此，曝光時間就得拉長，得多長就得一張一張地測試，直到找到最恰當的曝光時間。所以，拍夜景是很費時的工作。而且常在無光的情況下作業，靠著兩手摸索，挨凍忍餓，鼻涕直流，就為了拍出一張令人驚艷的相片。若是事後檢查成果時發現，所拍的不是失焦，就是曝光不足，或者構圖不佳，那就是令人懊悔的地方。

本文所展示的照片就是我和妻子去遊大阪空中庭園時所拍的，當夜有風，空氣寒冷。所以妻子在屋頂外待了一段時間後就回到屋內休息等我。我在寒風凜冽的空中庭園上足足待了有一個小時之久，一張接一張地默數計時拍攝，並不停地更換位置角度，重複作相同的拍攝動作，按捺著心中的不確定與興奮。在黑暗中真的不方便檢查對焦的正確與否，只有多拍了，希望總有一兩張是清晰無比的。

我不禁會主觀地盼望，我做任何事都能有如拍夜景的興緻、熱力和努力，包括寫作、教書、創作、建立家和追求神，並且每件事的過程與結果，都能令我充滿期待與驚喜。因為夜景有一種莫名的魅力，使你對它永遠保有一種對驚奇的盼望，而這就是做這事最令我驚艷不已，大嘆神奇的地方，雖然一定也有失敗。

這就是空中庭園的建築模型，聽說光製作這模型，花費就得上百萬。這棟樓實際的高度是一七三公尺。

進入樓頂觀景需要購票，成人七百日元，中高學生五百日元，小學生三百日元，三歲以上兒童一百日元。最晚入場時間是晚上十點。

生命的思索

——記探病有感

前天放學回家，搭了捷運到台北與妻子會合，預備去看一位病重垂危的S弟兄。

三個月前，他還參與教會的話語服事，擔任講師，與弟兄們討論綱要。當時，他是我們這組講師中負責打字彙整內容的人。他長得人高馬大，身材豐滿。從外表上看，像個事業有成，功成名就的人。而事實上，他早已脫去世務，全時間投入教會的服事。以他近幾年的教會生活來看，他真是個赤忠忘生死，為主擺上，犧牲奉獻的人。在主裡的家業豐富，人脈眾多，真實稱得上是事業有成，在主裡功成名就的人。因為他所存留的是永遠的，這和世人所想像的功成名就是截然不同的。

我和妻子抵達病房樓層的電梯外時，遇見了一位醫生T弟兄，陪同另一位C弟兄，剛從病房內走出來。C弟兄笑容可掬地走過來和我握了握手，T弟兄表情凝重地跟我說：「他的病情非常嚴峻，可以說，口袋裡的火柴只剩最後一根了，所以要見他要快。我今天下午已經親自告訴他他的情況，讓他心裡有預備，他很堅強，一一的跟家人和朋友道別。」我望著T弟兄圓圓的下巴，皓齒半露，帶著醫師專業的慎重表情和弟兄間溫柔的情感，一時間不知如何回應。

我和妻子走到S弟兄病房外遠處，就看見幾個姊妹帶著口罩從病房裡出來，並且跟我們打招呼。她們說現在不適合進去，因為S弟兄正和家人在說話，不好去打攪。而且，之前陸陸續續的有弟兄姊妹來看他，他可能非常疲累。所以先讓他休息一下。我和妻子決定先去餐廳用個餐，待會兒再回來看他。

我在餐廳裡隨便點了餐坐下，囫圇吞嚥，吃得食不知味，不知道是餐廳的伙食技術不良，還是我的心情異位。總之，大約三十分鐘的選餐，點餐和咀嚼的過程中，舌頭好像塗上了一層蠟，感覺神經好像打上了麻藥一樣地麻木不仁，思想呆滯。

我問妻子：「他的病都已經到了這個地步，我們等會兒上去，應該如何為他禱告呢？」

「我們應該繼續求神蹟，還是要為他的安息禱告？」我很難想像應如何在　個弟兄面前，剛強地為他的安息禱告，我懷疑自己有這樣的勇氣和力量說出那樣的話嗎？

妻子靜默了一會兒。

「你應該說些安慰鼓勵的話，你要說，你是我們的榜樣……。」

其實，我自己也是這麼想的，那正是我該說的話。於是，我拿定主意，憑靈而行吧，神帶領我說什麼，我就說什麼。

用完餐，我們再度上了病房大樓，來到病房外，門是開著的，S弟兄的床位在最裡面。我看見K弟兄站在遠處病床的門簾外，S弟兄躺在裡面的床上，從門這邊看不見他。在病房門外也站著一對夫婦，面露愁容，且從病房裡陸續有人走出來，應該是剛剛結束看望的弟兄姊妹。我和妻子鼓起勇氣走了進去，一直走到最後一個床位S弟兄的病床的尾端，我們終於看見了他。

他和上一次我見他的樣貌有明顯的變化，他的身形似乎縮小了些，理著平頭，頭髮稀疏，皮膚泛著黃色。眼睛有點失神，眼白增大。他床的左邊各站著他的妻子，右邊站著他的女兒，他正貼著耳朵跟他的女兒說話，我聽不見他說些什麼，也不知該不該上去問好，看著他被病消磨的羸弱身體，仍努力要和女兒說話的姿態，令我心頭有如掛了鉛錘一樣沈重，眼睛不忍直視。

站在現場的K弟兄也有點不知所措，於是走了出去。我和妻子仍留在床尾處，準備等候切入表達問候時機。然而，S弟兄似乎有深切的叮嚀要對女兒說，所以，他的臉一直沒有離開女兒低下的側臉。我們站了一會兒，發現沒有機會，感覺這珍貴的時刻應該留給他的家人，於是我和妻子示意，一齊走出了病房。

我們也加入了站在門口的K弟兄等待的行列，他此時正和一位看起來精實健康的老人說話。我走過去跟他們打招呼，K弟兄伸手跟我介紹這位老先生。

「這位是S弟兄的爸爸！」K弟兄說。

我心頭一驚，趕緊點頭問好。心想，S弟兄的父親看起來這麼年輕，而他的兒子卻已將要走完人生的路程。

「我從他自娘胎裡被吸出來，看著他長大，說要創一番事業，但還是一事無成。還好有一個好的家庭，一對很乖的小孩，這就是最大的成就了……。」老先生自顧自地說著。我們在旁點頭。

「今天下午，我跟他說，你這一輩子沒有什麼不好的，唯一的不孝，就是比爸爸先走。」老先生繼續說著，帶著相當理性的態度。

老先生說話時，K弟兄把手搭在他的肩上，表達安慰之意。

「不過他活得很精彩，他這幾年在教會中積極的擺上，他的日子沒有白費，顯出了高貴的價值……。」K弟兄說。

正說的時候，走廊另一端走過來一列長得幾乎等高，都在一七五公分以上的男大學生。K弟兄轉頭用手指向他們說：「看哪，這就是你兒子創造的價值，他平時的努力，影響感動了這批學生。他的影響力是會繼續傳到年輕人的身上，不會中斷的。你看，他們都是來看你兒子的，這就是最高價值的證明。他的生命雖然短暫，但是有極高的價值。」

我看見忽然有這麼多的大學生來看S弟兄，擔心等會兒，自己沒機會跟他說到話。於是我轉頭找尋妻子，希望先他們一步再進入病房。但我看不見妻子，於是我就離開K弟兄，逕自往病房裡走去。

我來到S弟兄床邊時，他的妻子仍站在他的左側，而我的妻子在右側正低者頭靠著S弟兄的耳旁說話，兩人眼眶都帶著淚水。後來回家後，我才問妻子跟他說了什麼，妻子說：「我跟他說：『S弟兄，你是我和我弟兄的好榜樣，我們希望我們也能像你一樣服事神，一直到路終，弟兄你辛苦了！』」妻子還告訴我，她進去時也聽見了S弟兄正跟女兒說話，他說：「妳要好好把握時間，用功讀書，要聽媽媽的話……。」

當然，當時我並不知道妻子說了什麼，只感覺那應該是非常感人的話。妻子說完了話，邊起身離開，因為，剛剛抵達的大學生們路續從外面進來。同時，我覺得我必須把握機會和他說幾句話，於是我走上前去站在他妻子的旁邊，用手去握住他柔軟的手。

「S弟兄，主與你同在，弟兄們也與你同在，你要安心……。」我的話還沒有結束，他就說：「我們還會再見面的！」我望見他眼角泛著淚水，「阿門」的聲音才在心底響起，床的另一邊就湧入幾個大學生，一一上前彎下腰來跟他說話。

「S爸爸，你是我的榜樣……。」

「S爸爸，我們愛你……。」

「S爸爸，謝謝你為我們所作的一切……。」

「S爸爸，你在主裡的勞苦不是徒然的……。」

「S爸爸……。」

我還沒聽完他們的問安，就得讓位出來，好讓更多得人能挨近他身邊。

昨天放學回家之時，陽光極為艷麗，好像能把心底的隱情都照耀了出來，所有污穢可以一掃而光。然而，想到S弟兄仍在與病魔奮戰，心中不免抑鬱起來。可是，創造天地萬物的主，豈是這樣想的？

每一個人，甚至一個動物，都有他的命定，即他被造的目的。一旦被造的目的被實現了，那麼他存在的目的就得以滿足。當人知道自己的生命已發揮其最高價值，滿足了被造的目的，那麼，他的離世就是叫人自己也叫神感到心滿意足的。人有肉體的生命，也有屬靈的生命。肉體的生命會毀壞，是短暫的，但神所賜屬靈的生命，就是神的生命，則是永遠的生命。S弟兄已得著了神的生命，是不能朽壞的生命，將來都要與主一同復活，而且生命本身要變化成熟，身體也要改變形狀。這是何等榮耀的盼望。生與死都是一個過程，為著成全我們這個人。我們在世時，能否發揮我們這個人的價值和功用，才是我們一生應奮鬥的目標。

死亡的一課：Did you learn to love?

我小姨子的丈夫今天早晨過世了，是肝癌病逝的。還記得一個月前，我和妻子到醫院去看他，他還親自坐在電梯口等我們，跟我們寒喧。臨走前，我們坐在電梯口的座椅上為他禱告。那時，我感覺他還好好的，不像個癌末的病人，除了臉色比較蒼白些，皮膚乾澀了些。除此之外，他就像個正常人一樣。而且，我打從心底，就一直沒把他當成個病人過，可能我一直是個與現實脫節的人。現在神親自把他取走了，我才像個大夢初醒的人。醒來時，發現身邊一同走路的人已經先走了一步，刻意不叫醒我，免得擾我清夢。

說的也是，叫我有何用？我對送往迎來的禮數向來膚淺，連句安慰活人的話都講得破碎不堪。更何況臨終的人，豈不更是力不從心，而要三緘其口。不過，這好似老天爺要我們每個人都得學的人生功課。若不是現在得學，要不就是不久的未來得立即補課。沒有人能逃過這一堂面對生死的人生功課。每當我們身邊有嬰孩出生，大家都能喜出望外地輕鬆應付，不但能一同喜樂，還能讚美祝福與歡呼，做起來總是比哀悼容易許多。然而一旦有人過逝，我們就得被迫重溫那堂尚未及格的舊課程，像從沒上過的課程一樣地啃讀其中的苦味。

記得有個姊妹，得了先天性血小板不足症，有外傷時，血液無法快速凝固，以致有外傷，都會成為一種致命的危險。因此，每當失血，或有外傷，她就飽受其苦，擔心受怕。此外，還要長年輸血，以補血小板之不足。然而，每次輸血都得面臨血液排斥的疼痛，其劇烈之程度，有如被人海K了一般。當然，面臨生產，更是有如面臨飛機迫降一般的高度危難。在擇期剖腹生產前，醫生甚至發出「若緊急時要先救媽媽，還是先救孩子？」的警告。

結果，她順利地生了一個可愛的男嬰，和嬰兒的爸爸一樣的可愛。所有週邊的人都歡呼雀躍，大聲讚美，生命的喜樂，莫此為甚。我們為她的禱告，與我們為我小姨子丈夫的禱告，其實是一樣的迫切。然而，生命的去留，並不操在我們的手裏，我們只有接受的份，無論是得是失，我們都只有接受的份。而且接受的時候，還得有一份的理解，對神心意的善意的理解。神一方面取去了我小姨子的先生，同時也讓危險生產的母子存活。得著的當然是收獲，而取去的卻也不見得是損失。如果我們能明白神完整的計劃。

兩天前，一架載著五十八人的飛機墜落在基隆河裏，帶走了三十一人的性命，十二名失蹤。有多少的家庭要陷入愁雲慘霧中，怨嘆憤怒惶恐與不解，要襲擊所有相關的人們。生命的消失是容易而快速的，我們若沒有準備就面臨這樣的悲劇，那是令人扼腕的事。可是，誰又能知道自己的定命呢？誰能預先知道自己的未來，而預先做好該做的事，到那日的時候，可以從容不迫，安然赴義？才七個月前，一架相同的飛機失事墜毀在澎湖島上，帶走了四十八條人命。人命關天，沒有一條人命是卑賤的。我相信任何的意外，都有人為的疏失，也必有未知不可掌控的因素存在。對於這樣的損失，我們可以推疚給誰呢？

意外的事情每天都在發生，每天都有人命喪失，只是我們該如何看它呢？ISIS不止殺美國人，也殺了日本記者後藤健二，激怒了日本首相，可是誰能彌補這樣的損傷呢？誰能撫平這樣的傷痛呢？再興起一次宗教的聖戰？或是再一次揮兵鏖戰？殲敵洩恨？宗教間的差異，國度間的疏離，文化間的隔閡，種族間的歧視，世代間的仇恨，真正殺戮的兇手到底在哪裡呢？二〇〇一年九一一事件，重創了美國，今天中東恐怖組織同樣狙擊了法國。在這世界上，已經沒有比較安全的地方，因為意外和殺戮正如火如荼地發展，像星火燎原一般。

送往迎來是這個世界不斷在做的事，只是在被迫的情形下去做，又是何等的不堪？然而，大部分的時候，我們都是被動的面對死亡。如果你認為這世界的變化都是隨機發生的，沒有目的的。那麼，也許你可以安息於現在的景況。但是，如果你相信這世界是有個主宰在操控的，不論是正是邪，那你應當願意起來祈禱，用心許願。願這個世界能走向良善，駛向和平，讓往者安息，來者安然。死者會成為未來發展的基礎和祝福，而生者可以有動力和有能力永續地經營。讓消極黑暗的權勢逐漸消弭，而讓正面積極的力量得以彰顯，不論使用何種的形式。

今天晚上，我和妻子請一對夫妻朋友吃飯，在用飯間閒聊。朋友講起一位佈道家鮑勃、瓊斯的故事。他在一九七五年八月有一次瀕死經驗，導因於嚴重的流鼻血，他突然昏厥過去。鮑勃、瓊斯說：「……突然之間，痛苦消失了。然後我出現在一個黑暗的區域，我四處張望，我看見我是在一個洞穴之中。我往下看然後想到『噢！神啊！我的袍子是清潔的嗎？我有足夠的時間嗎？』然後，旁邊有個人站在我身邊，他說『你現在可以看看，鮑勃』，於是我低頭看，看見我的袍子如水晶一般潔白。」這時他才放下了心。

然後他看見自己排在一條隊伍中，前面有神的審判台。有個無臉的人在極大的光中，顯現出更亮的光，像在光中看見光一樣，祂逐一審問每個排隊的人。在他左邊有一排更長的隊伍。在那排隊伍上的人，都是身上打扮成各種樣式，裝載了各種內容的人；有的裝酒，有的裝滿金錢，有的裝滿色情。他們在回答完問題後，都被滑到一個黑洞裡去，因為神說他們所穿的就是他們的偶像，他們在世上服事他們的偶像，在地獄中就繼續服事他們的偶像。但是，所有排在他這一排的人都回答已學會了愛，然後，就通過那無臉發光人的胸膛，像一扇門一樣地進入天家。

鮑勃、瓊斯原本是位先知性的佈道家，在世上飽受批評、控訴和迫害。當隊伍排到他時，他原本想終於能回到天家，與神同在，實在好得無比，絕不想再回到人間。但那無臉發光的人問他：「你學會愛了嗎？Did you learn to love?」他說：「是的，我學會了，我可以進天家了嗎？」神說：「你是為仇敵所害，你的時間未到。我要使用你去觸摸領袖，他們要帶領十億個年輕人得救，還不包括已經得救的。」當他看見那些受痛苦的人的光景，便願意再次回到人間，繼續他原有的使命，即使只是帶領一個靈魂得救。神把他送回世上，大大使用他的恩賜，他活到二〇一四年的情人節才過世。

當我從朋友聽見這個故事時，真有當頭棒喝的感覺。我們都知道生命的寶貴，而且，生命的長度也不是我們所能控制的。當生命到了盡頭，不管是可以預期的，或突然之間發生的，我們能否回答這個問題：「你學會愛了嗎？Did you learn to love?」我想，如果當我們從死亡裏醒來，走上自己的審判台時，能夠坦然無懼地回答這個問題：「是的，我學會了。」那麼，我們的死或有重於泰山吧！

小說卷

和詩人的對話

「你知道那是一種什麼樣的感覺嗎？」
「不知道，對什麼事情的感覺？」
「有人跟你說了一段很長，很有意義的話，但你只有點模糊的印象，覺得那是很重要的的話，但你一句都想不起來那樣的感覺。」
「喔！那是什麼樣的感覺？」
「那正是我想告訴你的感覺。」

在我心中有一段奇怪的對話，那似乎是別有所指，但又像是我的心在對我的人的自我對話，為要開啟我的智慧，除去我的愚昧或遮蔽。不過，遮蔽就像一塊大布遮住了整個天空，在它底下沒有光線，一切顯得昏暗。甚至在你眼前，又有黑紗遮罩你的視線，使得前面的所隱藏的真相更為模糊。為什麼會有這樣的景象產生?不知道,這正是我要去探尋的。

我依稀記得,我去拜訪一位詩人。為什麼要去找他,他又是誰?不知道,這似乎並不重要。照道理,應該是想加強我寫作的能力吧。因為他對我所說的話是重要的,至於怎麼個重要法,對不起,也不知道。我只感覺,從他的話中我得到了啟示。雖然我記不得確切的內容了,但是他給了我一個方向,一種感覺,一種開啟,好像把眼前的黑紗揭開了,我突然領悟到什麼,頓然看見了什麼,既簡單、純粹又令人興奮的創見,或真理,足以叫你立即從座位上站起來鼓掌叫好。

我有印象,他穿著銀白並閃耀著金黃色亮邊的西裝,下半身著銀白泛著紫色光芒的長褲,跟我解釋關於我所扮演的角色是什麼。他說,我在家中,或在眾人中,好像一朵心型的,且左右心瓣大小不同的花。

像這樣的輪廓或有缺角的圓,總不是非常勻稱的形狀,

像這樣的形狀。

他將身子斜倚在牆上，做出心型的樣式。他說我像是朵左右心瓣大小不同的花，說這話時，他面帶微笑的表情。這真是奇妙的形容，讓我揣摩許久，那到底是什麼樣的形狀？而我為什麼是那樣的形狀？更重要的，那代表著什麼樣的意義？雖然不能立刻明白，但在我心底，我好像非常清楚他的意思，大有心有靈犀一點通的感受。真的，當下我完全領會他所指涉的意思，但事後，卻一點也想不起來當時的領會。然而，在深處，卻有打心底已經完全明白他的意思的篤定感。我想，真正的含意應該是，完整的形狀必須由許多不完整的形狀所組成。所以，我應該努力並滿足於扮演自己不完整的形狀的角色。

我試著跟我兒子描繪我跟這位詩人討教的經歷，兒子很好奇地一直追問，他怎麼說的？然後呢？他說了什麼等問題。我極力回想，像個失憶症的老人，追尋著氣若游絲的記憶，深恐它會立即斷線，像訊號不佳的Skype通話。我還是努力拼湊著和這位詩人語意深長又斷續的對話。

詩人跟我讀了一首詩，為什麼要讀一首詩？因為，我記得，他要向我示範，我應如何的創作。我依循著這樣的思路，試圖把詩人跟我說的感覺與大意形塑出來，像要在一根粗木上雕琢出一個塑像，必須削去許多不必要的木塊和木削，讓隱藏在其中的形狀能顯現出來。在還沒有看見形狀以前，必須抱著盼望，和對形狀的堅固執著，持續雕琢。我試著講述，用像木削一般言不及義的語詞跟兒子說著。說時，連自己都覺得詞不達意，令人費解。不過，兒子竟聽得相當入神，津津有味。我不知道他聽懂了多少，但最後兒子大笑地離去。

連我自己都笑了。然後，我繼續回想，詩人是怎樣讀那首詩的？那是一首什麼樣的詩呢？他大概是這樣說的，我必須用我自己的語詞，把他的大意說出來。

「你必須收集足夠的素材，素材就像是生活的要素，是重要的素質，但又是零碎的。」

「所以，你要整理，收斂，濃縮，將那些素材收在網裡，然後發散出去，用必要的素材集合、調製、凝鍊，再發散出去。」

「但是，你必須先收斂，要收斂，除去所有不必要的東西……。」

於是，詩人拿本書，坐在桌前讀起一首詩。他發出的每個字句，先是熟悉、陌生，陌生又熟悉，然後他唸出最後的一句詩句，像一陣看不見的颶風，朝著我放送過來，在我心底激起一陣巨大的波瀾。我忽然好像清楚了，看清了以前一直被隱藏在模糊情境裡的影像，而其實那又不是一個影像，而是一種知性和靈性被開啟的感覺。簡單說，就是我明白了，從心底明白了。明白的感覺真好，從蒙蔽裡出來的感覺真好。因為我突然領悟，有時蒙蔽是偽裝在安全感裡，叫我們看不見真實偉大的事物，叫我們失去感動，而不自覺地活在大布與黑紗的遮蔽裡，一種良好偽裝的安全感裡。

當詩人唸完了詩，我有一種說不出來的喜樂，立即站起來向詩人鼓掌喝采。詩人也站起來以鼓掌回應。就在這樣的掌聲中，我和詩人道別，帶著無可名狀的滿足離開，有點像我兒子大笑著離去一樣。

「我要告訴你的，就是這種感覺！」我的心再次對我的人說話。

銀鈴鐺的笑聲

他長得很胖，有潔白的臉龐，明眉皓齒。笑起來速度很快，聲音像落在地上震起跳動的木塊，第一聲挺響亮，而後迅速消音，跟沒有發生過笑這個動作一樣。我很欣賞他的笑，除了他的笑聲能引發人額外的興趣外，更因為他總是笑得很開懷，讓人立即感受到從他心裡傳來的善意，透過短捷的笑聲說：「哈哈！這樣真好，希望你高興，要高興喔！」雖然，笑的對象不是什麼重要的事，通常我都忘了。但是，我就是很清楚的感覺到，每當他笑的時候，雖有點自我解嘲的味道，但總有種莫名的善意從他的笑聲裡流瀉出來，讓我感到舒適。

我跟他認識雖然有一段時間，但一直沒機會在一起交往或聊天。直到最近因為社團的關係，我竟有機會和他一同去拍照。我們參加了攝影學社的外拍活動，來到了台灣東海岸。在一個陰霾的天氣裡，我們一同拍海邊的岩石和海岸。冷風往我們臉上直吹，我渾身打著寒顫，而他只穿著短袖。學員四散在岩石各處搜尋景致，而我們同時受到岸邊一處奇形怪狀的岩石的吸引，抓著照相機選角度構圖猛按快門。他的身軀雖然龐大，像穿著制服的熊（原諒我，我沒有取笑的意思），但仍然彎下身從幾乎接近地面的高度取景。我好奇地走到他身旁，在他起身後，也蹲下模仿他的位置，從我照相機的觀景窗裡觀看，感覺那樣的拍照，真的很不容易。

「過來一點，從這裡拍，以這塊石頭作前景，然後拍後面的紋路。」他像教新手一般不厭其煩地跟我說明拍攝的方法和構想。

我猶豫了一會兒，心想，若我照他的所指示的角度與構圖拍照，那豈不是拍出一模一樣的相片？那算不算作弊？我並沒有發問，就照他所指示的方式拍了幾張。

「石頭要在這裡！」他走過來用手指著他相機黑色的螢幕跟我說。

我看著他的相機螢幕發呆。

「是這裡！」他看我不太確定的樣子後就用手指著他的相機螢幕又說了一次。

一時我無法想像那是怎樣的一種構圖，跟他點點頭，然後開始認真的拍照，不知為何？我心裡有點著急，好像怕風景會跑掉似的。

他看我自顧自地拍照，也認真地開始拍照，時時調整著他相機的電子設定，看看螢幕，然後把相機觀景窗貼在眼睛上，皺著半邊的臉面，節制地按著快門。

我很少認識極胖的人，可能因為我是個很瘦的人，就我估量，他的身軀大概是我三倍大。我想胖的人一定承受比瘦的人更多的壓力，像是長久從外來戲謔揶揄藐視的眼光或話語的對待，甚至連自己的親人，那種無形中心靈的殘害和砍伐，必定難以計數，堆積如山，使他們養成一種迴拒與外人接觸的習慣，免得再受凌辱。他們有一種自保與自我解嘲的方法，能夠無視周邊不經意的調侃與輕蔑，那就是以自己的肥胖作為笑話的題材，或是盡量不和人接觸，只做自己喜歡的事，成為有見識的宅男，獨立自主地生活著。如此才能稍感自在，得以自保，並且產生生活的樂趣和意義。例如，攝影，就是個極佳的選擇。他在上班之餘，還利用時間去上攝影課，鑽研攝影技術，有拍照活動時他就會撥冗參加。於是，攝影似乎成了他建立自信，與外人接觸之有限而重要的管道。

相對於他，坦白說，我自己則是屬於另一種害羞、自閉，對人有莫名恐懼的人種。當我在一次聯誼活動時，無意間聽到他清脆、爽朗、無戒心又安慰人的笑聲，特別感到欣慰。一時間，我感覺好像聽見銀鈴鐺的聲音，不由得令我心肺舒暢，對人的懼感全消。所以，我開始跟他請教攝影的問題，而他對於我主動向他搭訕，並在交談後發現我對他的身體及腰圍等事並無好奇與一絲譏誚鄙視之意，他就漸漸對我敞開，像春天野放的花朵，開得自然又自在。

我們拍完照，時間有點落後，要趕著走回到遊覽車上，免得車開了。我們快步走著，他因著體重的關係走得速度比我慢了許多，和我漸漸拉開距離。我怕車子會開走，所以開始用小跑步的方式走著，心想著要先趕回車上，好告訴司機等等我的朋友。

海浪時大時小地拍打著岩岸，有時有白色浪花激起四濺，但瞬時消逝，很難捕捉它的身影。有時海水只是漫過岩石，然後從四面空隙與坑洞流洩回海面，消失無蹤。在走了一段距離後，我漸聽不見他的腳步聲。我為自己的離他而去，沒有陪他慢慢走回團隊，心裡竟有絲絲的罪惡感和自責。我怎能離他而去？我突然感覺到潛藏在自己底處的自私，是多麼的無可救藥，像拍打在岸上的海浪，不斷衝襲著我的良心。

十分鐘後，全車的人肅靜地盯著我的朋友吃力地登上了遊覽車，並不發一語。我的朋友滿頭大汗，帶著可愛的笑容，眼睛瞇成一條線地向眾人咯咯地笑了一聲，大珠小珠落玉盤的脆響才剛達及眾人耳膜，聲音嘎然而止。

「哈哈！對不起！我太胖了！」他說。

然後坐下，拿出毛巾拭汗。

魟魚的味道

東坡才到美國幾天，就在北加州的天還帶點微寒，暑氣還沒來到以前，他的朋友仁路就約他到海上釣魚。東坡已經許久沒釣魚了，他想想自己離開上下顛簸的甲板，手中猛捲著釣魚線捲奮力搏鬥的海面已經超過十年了，或者更久。

那天，清晨四點多，天還漆黑如夜，沒有一點黎明的感覺。仁路開著車子摸黑來到東坡家門口附近。因為光暗，停下車來，他走出車外，彎腰端詳印在路邊水泥塊上的門牌號碼，要確定他找對了沒。因為天色還暗，路燈昏黃，他花了點時間核對手中紙條上所寫的地址。

有一輛箱型車從旁開了過去，一位體態肥壯的白人從窗口望見了仁路。他不經意地繼續前行，過了幾戶人家之後。他把車停下，回頭望了望仁路。然後又把車倒了回來，停在仁路車邊，臉上長滿鬍鬚的白人探出頭來。

「需要幫忙嗎？」長鬍子的白人問。

「喔！不需要，謝謝！」站在路邊的仁路回頭答應著，並向他擺擺手。

白人見他沒事，就把車往前開走了，又停回他自家的門口。

此時，東坡從屋裡向外望見仁路正和老外答話的動作，隱約聽見他說：「我找到了，謝謝。」的話，好奇地把頭探出了門外。

「你在跟誰說話？」東坡問。

「喔！隔壁的老外以為我找不到地方，特地來問問我。其實我已經找到了！」仁路答著。

仁路在這個城市住了將近十年，找路應不是問題，只是夜裡比對門牌號碼，還真不是件容易的事。尤其是在這個尷尬時刻，多少有著怕吵了住戶或遭人誤會的憂心，感覺還是有點不舒服。不過，畢竟仁路是個個性爽朗性情愉快的人，這事沒怎麼干擾他。

東坡走出門外，將門上了鎖，走到仁路車邊，跟他揮手打招呼。

「要帶什麼嗎？」東坡問。

「什麼都不用帶！」仁路爽朗地答。

然後，仁路從頭到腳打量了東坡一眼，猶疑了一下，突然想起地說：

「噢！對了，帶一副手套。帽子，夾克，你都有了，只要帶副手套就行了。」

東坡快速地跑回房子門口，開了鎖，進了門。沒多久，就拿著手套出來，再把門鎖上，跑回了仁路的車邊。

他們兩很快地坐進了車子，必須在六點前趕到港口，因六點船要開。仁路發動了車子，往海邊駛去。車程需要將近一個小時才能抵達，仁路駕車的技術純熟，對往漁港的路線也瞭如指掌。車子一上路，就像飛機交給了自動駕駛一樣，快速地向前奔馳。

他們經過了通往舊金山半月灣長達約十三公里的九十二號橋，然後進入山區，道路變成狹小二線道蜿蜒的山路。仁路駕駛的速度仍然不減，除了下了高速公路來到十字路口有必要的剎車以外，一路上幾乎全是踩著油門。汽車像彈珠一樣在山間小路優雅地滾動著。

大約四十分鐘後，遮蓋天光的布簾像在不知覺間被掀了起來，四周突然明亮了起來。他們來到了像是個森林中的小鎮的地方，路旁有一座座像溫室的房子，也有林園，菜園和長了一株株三角形的聖誕樹小樹苗的田園。

「這旁邊有許多種植生機蔬菜的農場，還有種聖誕樹的園子。有些人大老遠開車來這兒買有機蔬菜呢！」仁路熱情地介紹著。

「真的啊！跑這麼老遠只為了來買有機蔬菜？」東坡驚訝地問。

「對啊！有些人就是喜歡啊！」仁路興奮地應著，只是他贊同與否，東坡一時還感覺不出來。

不過，東坡回想了會，覺得仁路應該不會這麼做的，因為他根本不需要這麼作。仁路家的後院已經被他整理成一個產量豐盛的菜園子，種滿了各式各樣有大片菜葉的綠菜，有甜菜、甘藍菜、青瓜、小黃瓜等菜，牆邊還爬滿了川七葉，木籬笆邊還有各種果樹。東坡想得心裡妒羨萬分。才這麼一想，馬上就心知肚明，自嘆自己還真傻，自己家裡的菜已經夠吃的了，何必跑這麼遠來買有機蔬菜，自己種的不更有機嗎？東坡不禁在心中自我嘲解著。

東坡注視著路旁的聖誕樹園，一片片一株株分佈在不同區塊中大小年齡不同的三角形小樹，覺得異常可愛。

「很多人來這兒買有機蔬菜時，順便買一顆聖誕樹，裝在卡車上。」仁路繼續介紹著。

仁路開車經過這兒應該不下十次了，都是為著去釣魚，但他一次也沒停下車來買棵聖誕樹過。因為很簡單，那是美國人的習俗，中國人只要能吃到自己種的蔬果，就已經心滿意足了。有沒有聖誕樹過節，並沒有什麼大礙，傷不了感覺和裡子。釣魚則是他近些年發現的有感覺又有裡子的活動。對老外來說，釣魚真的只是消遣或運動，但對中國人來說，感覺又不太一樣。這跟老外買聖誕樹回去只是應景的道理一樣，聖誕節一過，就看見家家戶戶門口的垃圾箱裡多了棵聖誕樹的遺體，倒立在其中，上面還掛了許多發亮的銀絲和飾物，塗滿了保利龍的白粉，有種粉飾太平的味道，但一切又都已經過去了的感覺，真不知道該喜或憂。

釣魚對東坡而言，是有生產力，有驚喜，有收成，實質大於消遣的一種活動。這種感覺應該和仁路的感覺相當一致的，因為當仁路形容他有一次釣到一條有扁平身體的大魟魚時，他是集中描述事後怎麼處理那條魚的事，而不是形容釣到魚當時的情況；像是情緒如何的激動，或者魚有多重，多難拉牠上岸等感覺。他說：

「哇！那條魚好肥啊，足足有兩英寸厚，身體白白的，哇！全都是肉，沒有骨頭耶！清蒸以後，肉好香呀！好吃極了！」仁路的形容，熱切而且有感染力，連音調都富有彈性，喉間有滋潤的口水。

天色更加明亮了，東坡與仁路的車子速度並沒有減緩，他們進入一條筆直的道路。路的兩側有綠野和杉林，還有像是寒帶的蕨類植物，遠處山嵐氤氳，東坡轉頭望著遠山的霧氣發癡。霎時，他們兩所乘坐的車子，似因那條魟魚的烹飪方法而飛昇起來，在霧中平滑地滑翔著。

「那你一個人怎吃得完？」東坡回神問道。

東坡想起在家鄉吃的東坡肉飯的滋味，心想那咬下去肥油亂竄的感覺，應該和清蒸魟魚的感覺很類似吧。

「我把牠切成十幾塊，分給了十幾個家，給大家分享。大家都說好吃啊！」仁路笑逐顏開地說著。

他們的車子穿過了雲霧，緩緩降落在半月灣小鎮市區。市區不大，只有一條街。車子沿著海港附近街道行進，路邊有許多新蓋的餐廳旅館和商店矗立著。沒多久，車子就繞進了碼頭停車區。因為時間還早，路上一個行人都沒有。早晨的空氣清新，山的那邊有暖暖初昇的太陽，但被海邊的雲氣籠罩著，看不見臉面，光線有點陰陰的，給人寧靜的感覺。此時，人行道上只有一個單身女郎牽著一條嬌小有點肥胖的狗在散步。

仁路來自中國北方，講著一口京片子國語，長得一表人才，一臉書卷氣，像個唱小生的戲子。他原是個鋼琴調音師，來美國後，替人調鋼琴維生。後來出了個嚴重的車禍，他說神拯救了他。那次車禍中，他的車子全毀，人竟然奇蹟似的生還。當時他開了一輛全新的運動跑車，在高速公路上打右轉燈準備下高速公路，但後面右線有一輛大貨櫃車急速駛來，從他車的右後輪撞上來，「碰」的一聲巨響，他的車子向左方前翻滾兩翻後，撞上了前面天橋的牆壁，又被牆彈回了路面翻了三四滾後，倒栽蔥地又向前滑行了十幾公尺，然後終於停下。他已經失去知覺，救護車來後，用電鋸把壓爛卡死的車體切開，把他連人帶駕駛座一起切了下來，用帶了綁好後送到醫院。第二天在醫院裡醒來，忘了自己是誰，過了三天後，才慢慢想起事情的經過，想起了自己是誰。他知道是神拯救了他，因為車禍中，整個車體全毀，只有駕駛座和他身體四周無損，他只受了一點皮肉傷，和胸部有安全帶的勒傷。從那次事件以後，他就跟神建立了牢固的關係，他開始完全投靠神，服事教會。

東坡來自台灣，每年定期來美探望小孩。他的小孩都大了，都還單身，一個在美國東岸，一個在美國西岸，都是他在美國讀書時出生的。女兒在東岸，在美術班教畫畫。兒子在矽谷，從事資訊業，每天早出晚歸。釣魚是他年輕時，在洛杉磯工作時的嗜好。為什麼喜歡釣魚，東坡從沒有深究過，只知道，在他堅硬的外殼裡有一股滾燙而流動的岩漿，必須藉著快速捲動魚杆上的線捲才能澆熄。這次仁路打電話給東坡約釣魚的事，好像在東坡塵封許久的火山地殼掘了個口，岩漿蜂擁而出，情緒多少有點翻騰的感覺。

他們把車停在空曠的停車場上，時間還不到六點，天氣仍有點陰鬱，原先曾經顯現的溫煦的陽光，一溜煙地不見了。他們下了車，走向買釣魚執照的商店走廊，店的大門仍然緊閉著，門口牌示寫著六點開門。東坡望了望碼頭的方向，仁路繼續往店裡張望，裡面有燈亮著，但看不見人影，電視銀幕也亮著，有節目在播放著。

「他們通常都很準時的！」仁路的聲音在寂靜的走廊上迴盪。

「再等十分鐘吧！」仁路看了看手錶。

「我們就等一下吧！」東坡從懵懂的意識裡平息了有點翻騰的暗流後說。

兩人瘦長的身影站立在空蕩蕩的停車場旁商店街的走廊上，兩人各有所思的不再說話。十分鐘像一秒鐘似的「咳噠」一下過去了。六點〇三分，店門從裡面向外推了開來。一位黃頭髮腰圍很粗穿著牛仔褲和藍色T恤的中年婦人走了出來，跟外面的人打了招聲呼，然後用手勢向他們比了一下。

「對不起，再給我幾分鐘，我得把這些事做好。」

說完又立刻轉身進入店內，像一條巨大而直立的魚。然後她開始不斷從店裡拉出糖果機、報紙架和告示排等東西，將它們一一擺在店外門口兩邊。同時，不斷發出嘲諷式的怨言，像是自我解嘲的樣子。

「這些本來是我先生的工作，但他一定喝太多啤酒，回來我一定找他算帳……。」

女老闆把所有道具擺妥，這時來報到的釣魚客突然增多了起來，門外排了八九個人。仁路排在第一位，東坡在他的後面。女老闆備妥店內工作後，向外面吆喝了一聲，客人魚貫而入。很快地，仁路為東坡買了所有必要的東西：船票、一日釣魚執照、裝魚用的麻布袋等，還沒等東坡掏錢就用信用卡付了美金一百七十幾塊錢。東坡暗自驚訝，一個人要八十幾元美金，好昂貴的娛樂，他記得十幾年前，在洛杉磯出海釣魚一個人只要十幾二十塊，怎麼十年下來，價格翻了四倍。他打算回程時，再把他應付的一半還給仁路。

他們兩人是第一個上船的釣客，仁路帶領著東坡走到船尾，把麻袋綁在欄杆的鉤子上，把魚竿擺好，線綑好，魚鉤繫好。東坡也在船尾仁路旁選了個位置，跟船員租了根魚竿，照著仁路的方法，把器具就位。

預備好後，船客也路續上船。頓時船上擠了十幾個大大小小準備出海釣魚的人。釣客從墨西哥人，白人，印度人，及華人都有。岸邊還有送行的家人，有一個亞裔媽媽帶著兩個國中大小的兒子也在船上，她的美國先生在岸上兩手抱著一個兩歲大小的混血女孩，這位白人爸爸長得有點肥胖，個子蠻高的，站在船邊木甲板上，跟那亞裔媽媽揮手再見，也用手舉動著那小女孩的手，向船上揮手。當船開離岸邊的時候，東坡回頭往岸上望去，依稀仍看見那個白人父親抱著小女孩渺小的身影，向船這邊揮著手。

船向大海行駛沒多久，就像進入了海心，不見邊際，被謎樣的雲霧包圍著。

「現在沒事了，稍微可以休息一下，船要開一個半到兩小時。」仁路跟東坡說。

他們兩人並肩坐在船尾面向海面的座位上，把頭套帶起，注視著船尾被船身劃開的白浪，船上的馬達聲催人欲眠。時節雖已入夏，但海面上寒風仍然沁涼，好像季節的權力在這兒失了效。船開了約半小時後，海面上出現了一隻海鷗，牠單獨地漂浮在水面上，像是在休息，完全沒有恐懼，只是隨著大海的波浪上下浮沈。東坡好奇地盯著那隻海鷗，心想，它怎會落單？日前距離海岸如此遙遠，海鷗怎能在沒有陸地的海面上存活？東坡再次舉目望天，並轉頭四顧，沒有找到第二隻相同的海鷗，他的疑惑再度加深。

有相當短暫的時間，陽光從遠方較薄的雲層後透射出來，顯出香草白帶點淡黃的光，仁路坐在椅子已經熟睡，東坡注視那乍洩的天光，伸手想拿手機拍攝，但船身搖晃得讓他有點心噁，有一絲嘔吐的意念想要氾濫出來。正想的時候，船又駛入另一個雲霧遮蓋的領域中，手不自覺地又從口袋裡抽了出來。東坡想少年PI怎可能在惡劣的海上，單獨地與一隻吃人的老虎，共處了一百多天，海浪加上亂竄的思緒在腹裡翻滾，越想心裡越覺反胃，幸好他及時清醒，硬是用意志把噁心的意念壓了下去。

船開了將近兩小時，漸漸停了下來，馬達聲漸息。船長用麥克風嘟囔了一些嘰嘰喳喳令人聽不懂的擠在一團的聲音，那表示抵達目的，可以下竿了。接下來，魚客一一下竿，沒幾分鐘的時間，就有魚上鉤被拉上船，捲線捲的聲音，拉竿的動作，此起彼落，僅有的一位服務的船員也穿梭在釣客之間，幫忙把魚下鉤，解開糾纏的魚線，甩拉鉤底的釣竿等事情，忙得不可開交。

船停在一個釣點不到十分鐘，就移動搜尋另一個釣點，如此重複七八次。終於，在東坡還沒感覺釣足的時候，船長又用麥克風發出嘰嘰喳喳令人聽不懂的雜亂音響。意思是，今天夠了，到此為止，收竿！

結算一下，每個人都應該有十條魚，不論大小，幾乎全是石斑魚。有不足十條的釣者，船員會將其他人多釣的魚分給他，反正漁船有規定，每人只能帶十條魚下船。

還不到中午，船就轉向打道回府。此時，天候稍暖，但因怕嘔吐而沒吃早餐，加上剛剛的運動，現在東坡胃裡咕嚕作響，肚子有說不出來的飢餓感，但又帶點欲嘔的感覺，真是奇怪又不舒服的感覺。東坡頓時感覺自己年紀不如以往，體力也同樣衰退，心裡是有點惆悵，一種怪不得別人的自哀情緒，隨著翻滾的胃液在裡面昇起。

東坡趕緊進了船艙，一個狹小封閉的空間，在船的中央，有幾個台階向下通往室內。進去後，僅有一兩公尺見方的大小，船艙內的左右各有一個僅容一人躺臥的床位。艙內物件零亂，並不整潔。東坡看見左邊已有一人蒙頭躺臥其中，雙腳垂地。所以他就往右邊的床位上坐下，把頭跟背部依靠在窄小床沿的牆上，閉上兩眼，沈沈睡去。

在夢裡，東坡和七歲的兒子在洛杉磯外海的船上，他正帶著兒子去釣魚。那次也有東坡的幾個朋友同行，他們都隨身帶了些三明治、水果等吃的東西。東坡也不例外，到了中午用餐時，兒子從船艙內興奮地把東坡裝在袋子裡的香蕉拖了出來，東坡心裡不快，就罵起兒子。

「誰叫你拿出來的，放回去！」

「可以給他們吃……。」兒子囁嚅地說。

東坡不敢注視他身邊的朋友們，偷偷地把香蕉又抱回了船中央的船艙內。然後，東坡被剛剛自己夢裡的舉動嚇醒了，坐起了身，欲嘔的感覺稍微消退，但仍在糾纏。他感覺到艙內空氣魚腥混雜著汽油味，讓他更加難過。於是，他站起身，爬出了艙外。

他往船尾張望，但怎麼搜尋，都看不到仁路。因找不到仁路，以為他掉下海了，以致心裡一陣驚慌。夢裡荒謬的感覺再次襲擊他，一時他覺得若再找不到仁路，就必須要告訴船員，說他掉下海了。正當他陷入慌張無措時，頭一低下來，就看見仁路正坐在他的面前，臉用頭罩和毛巾蒙著，所以他剛剛沒看到。這下他心中大石才落了下來，暗自覺得自己真傻。

下船時，仁路提著他自己的釣竿和冰筒。東坡兩手各提著一袋沈甸甸的魚，兩人緩緩走向停車的地點。

「回去後，用水稍微沖一沖，然後用塑膠袋一條一條包起來，放在冰櫃裡冷凍起來，等吃的時候，拿出來化凍一會再處理，刮鱗除腮挖內臟，用酒和鹽稍微醃一下，切點薑片，然後用鍋子清蒸，什麼都不用放了。唉呀！好吃極了！」

仁路說完，正掏鑰匙預備開後車廂。東坡偷偷從錢包裡抽出了八十元美金現鈔，然後轉身遞給仁路。

「這是我給你的八十元，請收下！」東坡顯得有點靦覥。

「不用，不用，這次我說過是我要請你的！」仁路身子往後退了一步，用手推開東坡手上的錢。

一時間，東坡不知如何回應，愣了一會，然後慢慢地把錢收回了口袋。他感覺自己好像又將那袋預備帶給朋友分享的香蕉收回了袋子裡。

今夏的第一趟旅行

記得去年夏天，我也來到這裡。院子裡的草木，生長茂盛。夕陽的光線異常耀眼，將路邊的草葉，照射得綠瑩瑩地透亮。就在那個夏天，我的父親過世。

生命在何時生長？又在何時消逝？光芒正閃耀時，怎能想像黑暗中的落寞？清晨時張眼，對新的一天懷抱朦朧的希望，但仍解不開夢裡的疑雲。昨夜的夢像過了一年，今晨醒來，驚覺季節已經更換。院子裡有陰陰的雲，我想著該往哪裡去？

終於，我和兒子多方討論後，展開今夏的第一趟旅行，到狼丘區域公園散步。那是一趟簡單、難耐但又豐富多義的

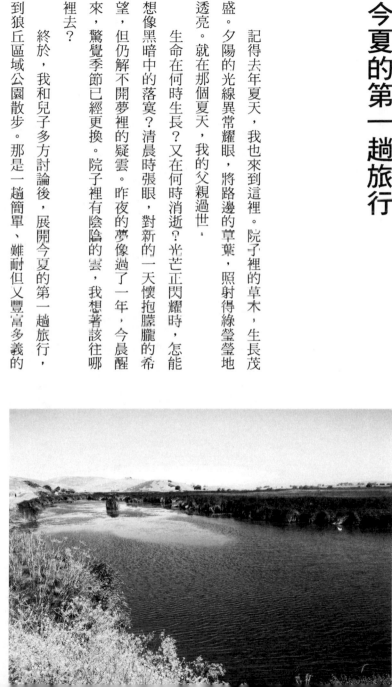

探險。我們抵達起始點下車出發時，天氣相當涼爽，我甚至想該不該帶件外套防寒，如果我們最後站在山頭迎風舞臂的話。兒子說：「我覺得還可以，不會冷！」所以，我們就拎了罐礦泉水出發了。

走在路上，地光禿禿的，除了小草叢外，沒什麼樹木遮蔭。陽光冷不防地直曬在我光滑的頭皮上，紫外線一點不留情地加溫，沒多久我便得舉起一隻手掌，蓋在頭頂，以阻絕太陽的熱力。走著走著，肚子竟有想拉便的感覺。真掃興！

我忍著肚子的不快，不太好意思地跟兒子說：「我想大便！」

兒子只是笑了，沒什麼太驚奇的反應。

「我們到前面休息處，應該有廁所！」兒子說。

「就是不知道有沒有衛生紙？」我摸摸身上空空的口袋，有點憂慮的說。

沒多久，我們來到一個關口，真的有個簡便的公廁。我帶著懷疑的心態輕輕推開廁所的門，竟瞥見兩卷滾筒式的衛生紙掛在牆上。

我喜出望外地回頭跟兒子說：「真的有耶！」

解決完內急後，我們才算真正踏上散步之旅。因為帶著內急的旅行，其實是樂趣盡失的。不過，這也是難以避免生命的常態之一吧！

我們走到一片乾掉的了沼澤地，那地好像有種魔力似地漸漸把我們吸引了進去。不知不覺中，我們已踏進那白色柔軟、乾燥、佈滿紋路和蜂巢似的黑孔，充滿奇特造型一叢叢乾掉了的泥塑水草中。視覺上很是奇特，有點像進入了外星異世界。我眺望著我們來的方向，不見一個人影，心想，應該不會有人想來這兒散步吧，因為這兒已是原來的湖心地帶，只

是湖水暫時乾了。我往前望去，兒子已逕自走得好遠，成了一丁點的小人。我朝他拍照，手機銀幕上幾乎看不見兒子的身影。

忽然，我聽見一兩聲沙沙的音響，從地裡發出。我低頭一看，我的雙腳逐漸下沈，有沙子和水從我腳旁冒出來，頓時我心頭一驚，「慘了！流沙！」我想要大叫，但發不出聲音，可怕的是，是我的自尊不讓我發音。因為，若我呼救，兒子就會看見我的窘相，而我實在不想向兒子發出救命的聲音，也不想讓兒子看見我的窘相。但是，等等，沙子和著泥水慢慢掩蓋了我的膝蓋。若我繼續保持緘默，兒子可能就永遠見不到我了。想到這裡，我不禁要瘋狂大叫起來。

就在不到十秒鐘的時間，沙子和混濁的潭水已經觸及到了我的腰，我依稀感覺到沁涼的冰水刺進我的大腿窩，我的背脊，我的脖子，我幾乎就要窒息。

然後，我醒了過來。天空有海鷗翱翔而過，而我則仍然

站在乾爽柔軟的地面上，兩腳並沒有插在地表下。我如釋重負地放開腳步，繼續往前行，向兒子走的方向走去。當我追上兒子的腳步時，兒子問我。

「你覺不覺得這裡好像電影的場景？好像在電影裡看過？」

「哪部電影？」

「不知道，就好像看過！」

我沉默了幾秒，猶豫著不知道如何回答，心想著我們已經走過了大片乾掉的湖底，總算是有驚無險。

不久，我們來到了高地，繼續往湖另一邊的道路走去。接下來的湖裡是有水的，裡面有少數的白鷺鷥和較多的野鴨和野雁。有一隻白鷺鷥停在湖中一叢水草邊緣，單腿站立，另一條腿向後伸展著，靜止不動，像凝結的雕像。野鴨和野雁，分散地優游在湖面，愜意而自在。路邊的水生植物，一根根像蘆葦，又像筆桿似的草，在風中搖曳生姿。透著光的白色球花，晶瑩得像個小燈泡似的，群情閃熠。

我的父親，已經過去。我的兒子，正在開始。而今年的夏天，仍然耀眼。

Angel臉上的口水

一、春

座落在新北市安坑區的天倫安養中心，裡面住著幾個植物人，幾個半身不遂的老者，以及幾個老人癡呆症患者，多半是老年人。他們有的躺在床上，有的坐在輪椅上。少數幾個能自由活動的人，不是肢體有點殘缺變形，要不就是腦袋有點殘障。院長雯倩，反是個長得標緻，又有種特殊風韻的中年婦人。她剛從醫院護理長退下來，借錢開設了這家安養中心，小本經營，共收容了十幾個需專人長期照顧的老殘人士。

走進這家空間不算大的安養中心，舉目所見，都是些風燭殘年無法行動的人。若情非得已，一般人是不會主動前來叩門溜達的。會到這兒的人多半都帶有某種被迫性和被動性。而且，進到那裏，就像踏進了壓力室，讓人不自覺地感受到莫名的壓力，壓得人透不過氣來。可是，雯倩整天就與這些生命像隨時會熄滅的蠟燭一般的人相處，照顧他們的吃喝拉屎，管理看護以及院中所有的大小事務。她反倒是整日爽朗，見人仍是滿臉笑容，跟反應遲緩的老人或充滿憤懣的老人對話，總有一種超乎常人的耐心，好像有某種特異功能，能夠自由進出壓力室，完全不需經過加壓和減壓的程續。

馮奶奶是其中的一個住戶，安養院裏的人都叫她馮奶奶。她的全名叫馮靜蕾，一九四九年隨夫家跟著國民政府來台。先生早逝，單身撫養一對姊弟長大。出生為大家閨秀的她，爺爺曾是民初政府的高官，家財萬貫，不愁吃穿，人稱大少奶奶。不過，她乃是生長在富裕年代的最後一個高峰，然後就遇見崩盤往下急墜的年代。那是個感覺仍可揮霍，但形勢卻已悄然毀壞的年代。因此，陷入驚駭與倉皇逃亡，當然是必然的情景。

馮奶奶剛搬進安養中心的那天，是兒子頌祺和原住民看護Angel陪同著，頌祺用輪椅將她推進了安養中心的大廳。安養中心裡的看護熱心地上來從頌祺手中接下輪椅推把，彎身跟馮奶奶打招呼。

「馮奶奶，馮奶奶……你好嗎？」看護的話還沒說完。

「馮什麼馮！？馮你媽個屄！」她就厲聲回斥道，像鬼附身似的。

「噢！對不起……馮奶奶最近失智得有點……。」一旁有一張圓圓的臉、大而明亮的眼睛和黝黑皮膚的Angel，立刻跟安養院的看護作出羞赧的表情，並用手指在自己腦袋旁畫了幾個圓圈。

就這樣，馮奶奶住進了天倫安養中心。那一年，她八十三歲。她的身形嬌小，又因著老年癡呆常年臥床，下半身已蜷縮起來。因此，全人顯得更為嬌小。躺在床上時，她的雙腿往上半身蜷曲著。翻身時，也帶著雙腿翻滾，活像一個球在床上滾動一樣。大部分的日子裡，她的情緒還算安定，情況好的時候，她會獨自低啞哼唱著她年輕時會唱的：「天上的明月光，照在那大路上……。」的一首歌。

接下去的日子，頌祺仍然會固定每個月都前往探望媽媽幾次。有一年的端午節，頌祺帶了一盒水梨和一袋紙尿褲去看媽媽。他走到媽媽的床邊，她正睜著眼望著天花板，說不出她的情緒是怎樣的，只感覺她好像有一副剛吵過架的表情。頌祺默默將水梨和紙尿褲放在床邊櫃狹小的桌面上。轉向媽媽床邊，彎下腰伸手向床另一邊媽媽的腰部。

「媽……來……我先給妳翻個身，再替妳拍拍背。」頌祺說。

「馮奶奶像木頭一樣沒有反應，當頌祺的雙手扳起她的腰的時候，她忽然向頌祺的頭頂「呸」地吐了一口痰，隨著痰脫口而出：「去你媽個蛋，滾開！」

那口痰在頌祺微禿的頭上不均衡地散開，像散開的豆花。頌祺直起了身子，嘆了口氣。

「唉！媽……怎麼這樣呢？」說著的同時，順手抽了一張桌上的衛生紙擦著頭髮。

雯倩知道頌祺來了，順便過來招呼時，剛好瞧見這一幕。當時，頌祺正在用衛生紙擦頭髮。

「哎唷！馮奶奶妳最棒了，妳是我們這兒最幸福的人欸！」

「妳看，妳兒子這麼棒，這麼常來看妳，還給妳買好吃的東西耶！」

「妳真了不起耶！能養出這麼孝順的兒子！」雯倩滿口甜蜜的話像自來水從水龍頭嘩嘩地傾瀉而出。

馮奶奶聽了雯倩的話，不知怎地，像洩了憤的公牛，霎時變成一頭溫馴的羊，躺在那裡。頌祺跟雯倩點頭，尷尬地笑了下，又抽了幾張衛生紙，擦掉媽媽嘴角邊的口水。

讓院方頭痛的事，當然還有。平時只有Angel給馮奶奶餵食，她才肯吞嚥食物。若換了個人的話，她會拒絕進食。拒絕的方式就是，無意識地先吃一口飯，含在口裡。沉默半響後，冷不防地將口中未嚼還帶著唾液黏膜的食物，一股腦兒地吐在餵她的人身上，害得安養院裡沒有一個看護願意給她餵食。要不就得夠機靈，當食物飛來的時候，能即時閃避，並收拾善後。幸好，Angel在這裡，於是大家都把這任務交給她。每當她餵馮奶奶吃飯時，她多半是可以順利進食的，好像冥冥中Angel有某種安定的力量。

二、夏

颱風天剛過，頌祺所做的第一件事，就是帶著馮奶奶喜歡吃的西瓜和日用品到院裡看她。每次頌祺來到安養院，還是極盡所能地問馮奶奶安，為她翻身，拍背，按摩等，盡他作人子的孝道。他努力盡這樣的孝行，不是要做給安養院裡的人看，也不是要做給天看，只是覺得他必須這麼作。他甚至沒有想過，在理解媽媽是造成他現在的痛苦的根源後，為何自己仍會如此甘心俯伏，低肩負重，完全不顧自己的需要地照顧母親。然而，當遭受到母親把他當成陌生人，有時甚至像仇人一樣看待時，他難免仍會掬一把如孤雛的淚水。當然，這種待遇馮奶奶也不是專門針對自己兒子，以馮奶奶精神的狀態而言，在面對週邊的任何一人，其實都是一視同仁，沒有親疏之別的。只是，這事沈澱在頌祺心底時，感覺特別的沈重。

院裡三不五時，雯倩總會安排教會的唱詩班來為院裡的老人們唱幾首歌，作為院裡老人的消遣。唱詩班唱歌時，Angel不自覺地會跟著高聲唱和。自從雯倩知道Angel能唱歌，每當安養院裏有娛樂活動，雯倩總是也安排Angel唱幾首原住民的歌，或唱幾首老歌，撫慰這些老人。她的歌聲不止嘹亮清爽，更有一種激動人的活力，可以讓院中的老人心情舒暢，甚至跳躍起來。每當她唱到高亢處，那些原本身體僵硬，面容呆滯的老人，竟都能舉起如千斤重的雙手，不斷拍手。

中秋節那天，院方辦了場晚會。Angel唱完一首「綠島小夜曲」，擺下麥克風，走到坐在輪椅上的馮奶奶身邊問好。

「馮奶奶，我唱得好不好聽？」

「馮奶奶，來，親一個……。」然後Angel順勢在馮奶奶臉頰上親了一下。

「親什麼親，呸！呸！呸！呸！」馮奶奶馬上朝著Angel的臉吐了一口口水。

Angel往後閃避了一下，但仍然沾了些口水在臉上。Angel不以為意地用手抹去臉上的口水，找了張紙巾擦拭臉頰。

正巧經過的雯倩看見了這景況，便把Angel拉到一旁說：

「哎呀！我建議妳以後戴個口罩，每次照顧她，妳就戴個口罩。要不然就戴個眼鏡，否則會被她噴到，這樣比較衛生。」

然後，雯倩嘆了口氣說：「哎！不知為什麼，失智症的人總愛吐人口水。」

「哎呀！沒有關係，這沒什麼，擦一擦就好了，保養皮膚也沒關係！」Angel這樣回答。

雯倩張大了眼睛，想說點什麼，但忍不住地笑了。旁邊剛好有個坐在輪椅上意識清醒的白髮老太婆瞧見這一幕，彎著下巴，作出嫌惡的表情。

「哎呀！噁心！噁心！」

旁邊還有幾位老先生，坐在輪椅上。鼻孔垂掛著鼻胃管，兩眼無神地盯著這一切，像周邊的事不存在一樣。

三、秋

一個有皎潔明月的晚上。馮奶奶雙腿捲曲地躺在天倫安養中心裡的床上發愣。床頭邊儲物櫃上放著幾個梨記月餅，是前幾天頌祺送來的。

雯倩因著工作的緣故，常住在院裡。她有個兩歲女兒甜甜，為了方便照顧，也常將她帶在身邊，一同上班。甜甜長得可愛至極，任人見了她都想抱她，咬她一口嫩肉。她雖個小，但對院裏老人殘疾羸弱、呲牙咧嘴的模樣早已習以為常，視若無睹。而此時，她正在馮奶奶隔壁的幾個空床上玩耍，盡興地在床墊上跳躍，從這床跳到那床，口裡哼唱著童歌，不時喊著：「媽媽，媽媽……。」

「小心，不要跌到囉！」一旁工作的雯倩偶爾會答應幾聲。

「一二三，香蕉船，二四二五，翻跟頭……。」甜甜喃喃自語著，她的小裙子不時地飛舞著。

櫃檯邊一個收音機正播著晚間整點新聞，空氣中散播著某種想家的味道，像蒸籠飄散出來蒸熟花生的香味。

「中山高往南一三六公里外側線道，滾落一床棉被在路面……在國道一號三十五公里處，內側路面，掉落一根鐵耙子……請大家開車時留意。……現在插播一則新聞；有一名叫『阿甘』的流浪漢，原來住台北，十八年前與女友相約在台南火車站見面，但對方卻從未出現，從此他就守在火車站側門出口旁，苦等女友出現，一等十八年，但對方仍然渺無音訊，他也成了衣衫襤褸的街友……。另外，告訴大家一個好消息，往北楊梅交流道附近的車禍已經解除……交通逐漸順暢。」收音機男播音員的聲音，宛如催眠大師。

馮奶奶注視著甜甜舞動的身影，原本呆滯無神的眼珠，像被揭去了一層薄膜似的，霎時間亮了起來，閃耀著水漾的光彩。她的腦子裡也像突然像被灌注了一股新鮮的血液，意識突然清醒了過來。她把頭輕輕地轉向甜甜那邊，嘴角微微露出笑意，試著舉起沈重的右手，伸向甜甜。

「小妹妹！小妹妹呀！妳叫什麼名字？」馮奶奶躺在床上緩慢而慈祥地說。

甜甜聽見馮奶奶的發問，有點羞澀地停下了跳動。雯倩恰巧就在不遠處照料另一個老人，一聽見馮奶奶的聲音，極其驚異地走了過來，在馮奶奶床邊站定，並轉向一旁仍站立在床上的甜甜。

「甜甜，妳自己要講啊……妳叫什麼名字？」雯倩向女兒揮手，要她回答。

「小妹妹，妳好可愛啊！妳幾歲啊？」沒等甜甜回應，馮奶奶繼續自顧著說著。

雯倩訝異中帶著警覺，因為這是她從馮奶奶入院來第一次聽見她說出完整而有意義的話。

「妳好可愛哦！是誰家的小孩兒啊？在這邊跳來跳去的……。」馮奶奶的語調像氣定神閒的老佛爺似的，帶著一種銳利的語氣和眼神，慢條斯理地問。

「她是我的小孩。」雯倩趕緊回答，轉頭跟甜甜招手。

「讓我看看！」馮奶奶要求。

「甜甜，下來，趕快下來！」雯倩急著跟甜甜招手示意。

甜甜緩緩從床上爬了下來，走到馮奶奶床邊，頭的高度剛好跟床高對齊，抬頭仰望著馮奶奶。

「妳好可愛哦！妳叫什麼名字啊？」馮奶奶再次讚美道。

「我叫余甜甜！」甜甜回答。

「妳幾歲啦？」馮奶奶繼續問甜甜。

「我兩歲！」甜甜舉起兩根指頭回答。

「妳好可愛啊！」馮奶奶稱讚道。
甜甜羞澀地歪著頭笑了笑，用手拉拉身上的衣裙。
「那妳幾歲了？」馮奶奶轉頭問雯倩。
「噢！我三十六歲了。」雯倩說。
「你們家住哪兒啊？」馮奶奶問。
「我就住碧潭山上，但也常住在這裡陪你們。」雯倩熱切地回答。
「那我家住哪兒啊？」馮奶奶停頓了一會兒說。
「我怎麼會在這裡呢？」接著又說。
「噢！你兒子因為要上班，就把妳送到這邊來，我們跟著照顧妳。」雯倩想了一會兒答。
「你是說頌祺？」馮奶奶緩緩地問。
「對！對！」雯倩有點激昂地回答。
「那他人呢？」馮奶奶繼續問，像早晨剛睡醒要找兒子那樣。
「噢！我馬上幫妳打電話叫他來！」雯倩話中帶著難抑的跳躍，還夾雜了一點驚恐的情緒。
雯倩心裏相當激動，心想著「老太太怎麼清楚了！」於是，雯倩掏出手機，快速按下鍵盤，播打電話給她兒子頌祺。那時已經是晚上十一點了。

電話在三聲之後接通了。

「你趕快來，你媽媽清醒了！」雯倩壓抑著從肺腑裏發出顫動的聲音。

頌祺掛了電話，一個人立即從大直開車趕來安養院。

在開車的途中，他像個失了魂的人，整個人飄飄然，像浮在半空中一般。自從他離婚後，獨自帶著兩個小孩，孤單地過日子。生活相當辛苦，且不喜樂。有一肚子的苦水，無處傾訴，只能在來看媽媽時，跟院裡的人說。說到傷心處，常常掉眼淚。他為了照料媽媽，必須不斷調整自己的工作。只要媽媽一有狀況，便立刻丟下工作，前去照顧媽媽。如此，再好的工作，也難存留。於是，為了方便照顧媽媽，他的工作就從經理的職位，在多次更換之後，最後淪落到必須辭職的命運。十幾年下來，什麼工作都做不長久，最後只能靠吃老本過活了。因此，安養院裏的人都稱他為「孝子」，會因著父母的需要而主動給自己創造無與倫比的壓力和犧牲精神的那種，為了照顧父母可以捨棄一切的，這種孝子也是只有在安養院裏才看得到的。

四十分鐘後，頌祺踏進了安養院。

雯倩一見他抵達，便熱切地跟他招呼，並一把抓住他的臂膀，將他往馮奶奶房間的方向帶。

「趕快進去，上帝給你一個機會，讓你媽媽清醒了。」

雯倩像怕風中的蠟燭會熄滅那樣地將頌祺推進了馮奶奶的臥房，預感告訴她這樣的時間不會長久。

頌祺快步走進了房內，像突然瞧見他媽媽年輕時的樣子，又像看見了在戰火中失散多年的親人那樣，他怯懦地喊了聲：「媽！……。」

「頌祺啊！」馮奶奶竟在失智十幾年後第一次喊出她兒子的名字。

頌祺快步走到媽媽床邊，定睛看著媽媽。

「我在這兒住多久了啊？」馮奶奶問。

「已經四年了，之前在另一個安養中心也住了十年。」

頌祺仔細盯著媽媽的眼神，他看見了一種專注的精神，是他幾乎已經淡忘的一種眼神，非常的清明和銳利。

「媽！妳真的醒了？」他再次發出求索式的詢問。

馮奶奶想了想，然後說：「我記得佩萱結婚了，搬出去住。你也結婚了，也搬出去住了，後來就不記得了……。」

「我為什麼會住在這兒呢？」馮奶奶停歇了一會兒後問。

「妳在十幾年前就得了老人癡呆症……。」

「妳的記憶力漸漸喪失，脾氣人變，常常亂發脾氣，罵人，還打人、、。最後連我跟姊姊都記不住了，我們不得已就把你送到安養中心託人照顧。」頌祺說。

時序突然回到了二十年前的某一個燥熱的晚上，頌祺正為著自己的妻子恩慈，哭著跟媽媽懇求：「媽，妳可不可以不要為難恩慈，算我的錯好不好，她絕對沒拿妳的東西，是妳誤會了！」

然而，馮奶奶狠狠的說：「我說就是她偷的，要不那個鐲子怎麼不見了？。頌祺！你要恩慈，就沒你這個媽，要你媽就不能有她！你自己看著辦！我沒法和她住一起！」

就在蜻蜓從水面草梗上飛起的短暫時間裡，頌祺的意識又被馮奶奶的聲音驚醒。

「那你姊姊佩萱呢？她在哪兒啊？」馮奶奶以冷靜又帶點熱切的口吻問。

頌祺腦門充血地愣了會，像坐了顛躓的時空機器，突然給踹回了現實，有點時空錯亂，口舌打顫地說：「她……她、、她十年前就出國了。」

「她為什麼出國呢？」馮奶奶忍耐著胸中上下起伏如海潮的情緒。

「因為她離婚了！不想再待在台灣。」

「她為什麼離婚呢？」

「因為當時妳不接受她的先生，妳說她先生一個小小公務員跟姊姊不配！」頌祺有點怯懦地說著，聲音有點顫抖。

「我這樣說嗎？」馮奶奶眼眶已經濕潤。

「姊夫受不了妳動不動就嫌他學歷只有高中畢業，說他家世不好。所以，一年後，姊夫主動要求離婚的。妳想，就算不離婚，這樣姊姊還怎能幸福？」

「她有小孩嗎？她現在好嗎？」馮奶奶漸露波動神情但仍然維持鎮定地問。

「她出國前就離婚了！所以沒有小孩。」

「是我拆散了他們？」馮奶奶臉上淚水映照出天花板上的日光燈光線。

頌祺停了一會兒，沒有作聲。

「那你的太太呢？」馮奶奶問。

「我們也離婚了？」頌祺囁嚅地說。

「什麼時候？為什麼？」馮奶奶眼淚已經滑下臉頰，然而臉色仍然鎮定。

頌祺的胸膛突然上下劇烈地震動起來，一時說不出話來，只是急促地喘氣和哭泣。鼻涕一時突然從鼻孔湧出，他急忙伸手到口袋拿衛生紙，擤著鼻涕，然後擦著眼淚。

「媽！因為妳老誤會恩慈偷妳東西，她……她不知要怎樣照顧妳……我們都不懂……妳是生病了！」

「也是媽媽害了你們！」說完，馮奶奶想用手想要擦淚水，但手不聽使喚，一直在臉邊晃動，卻碰不到臉。

頌祺連忙上前，用衛生紙為媽媽擦了眼淚。然後又為自己拭淚。

頌祺回想起這些年，他極其痛苦地放下妻子，選擇了媽媽，畢竟媽媽還有養育之恩，兩害相權取其輕；寧可背負一個負心的名，也背不起不孝之名啊！照顧媽媽的責任自然落在他的身上。自從馮奶奶住進了安養院，只有頌祺，憑著一種本能和一種不知如何辯駁的重負，一身扛起照管媽媽的責任，一個月至少會有幾次到安養中心探望媽媽。只是近一年來，馮奶奶的病情漸趨嚴重，兩眼渙散，常對人吐痰，罵髒話，像魔鬼附身一般躁鬱性地大叫。因此，頌祺到醫院看望媽媽的次數，也略為減少了。也許，那也是一種解脫，但誰知道媽媽竟然好像走散了多年後，又忽然找著了家門。

「媽！這些都過去了，你還有兩個孫子，他們都長得很好。」頌祺試著想要安慰母親。

就這樣，馮奶奶在瞭解了自己的狀況後，便開始一一詢問媳婦恩慈和女兒佩萱的去向，兩個孫子上學的情形，佩萱離開的真正原因，現在在美國生活的情形等，頌祺都巨細靡遺地講給她聽。馮奶奶躺在床上，兩眼炯炯有神，聚精會神地聽著，偶爾會發出問題。在聽頌祺說話的同時，馮奶奶的情緒像顛簸在石頭路上的兩木輪車，而頌祺的話就像迅速直下的陡坡，讓她直直滾落斜坡，摔得粉身碎骨。經奮力掙扎攀上山頭，頌祺的話又像陣陣颶風，將她吹落懸崖。

時間像疾駛的箭「嗖」的一聲地，一溜煙就過去了。就在那箭射中目標前的一剎那間，馮奶奶又說話了。

「頌祺，你真是個孝順的兒子！這些年真辛苦你了……媽媽心裡好苦，好難過，媽媽跟你們道歉！」馮奶奶的聲音輕微地顫抖著。

頌祺的胸膛又再次劇烈地震動起伏，雙手不斷地拭淚。

「你要告訴她們，媽媽對不起她們，希望你們能原諒媽！……媽媽真不知是怎麼了？媽媽對不起你們……姊……弟……倆！」

話一說完，頌祺上前彎腰抱住媽媽，兩人相擁而泣，姿態跟小孩子一樣。

「媽！妳放心，我一定跟姊姊說、說妳已經好了、、，媽媽妳放心……。」頌祺一邊說，一邊止不住的淚水奔流，鼻涕也不聽使喚地往下串。

此時，無聲無息的時間齒輪又向前播動了一格，馮奶奶的眼睛霎時間又像蒙上了一層薄膜似的罩子呆滯了起來，兩行眼淚還掛在渙散眼神的兩側。人若真有靈魂存在的話，那時他（靈魂）應是確確實實地又離開了她，只剩下她原有疲憊而衰老的身軀，躺在床上，像一個枯乾的球。

「媽！我改天叫兩個孫子來看妳……。」頌祺淚眼模糊地繼續說著。

馮奶奶沒有反應。兩秒鐘後，頌祺發現媽媽沒回應，就從馮奶奶身上立起身來。注視著媽媽，先是有點吃驚。接著又心裏有數地，測試性地喊著。

「媽！……媽！……！」

頌祺叫了幾聲後，馮奶奶仍然沒有反應。此時，他發現她的眼神又回復至先前的渙散與渾濁。

雯倩在房外充滿盼望地等著，時而看看手腕上的錶。Angel則四處忙碌著，經過房門口，會問問雯倩裏面的情形如何。她心想著，若以後還能再和馮奶奶說上一句清楚的話，那該是多美好的事啊！

半小時後，頌祺終於從房間裡走了出來。

「媽媽好像又回復了……！」頌祺紅著眼眶，默默地說。

「哎！這實在太難得了，算算你媽都八十七了耶！」雯倩不斷讚嘆鼓勵地說。

「是啊，我已經沒有遺憾了！」頌祺感激地說。

頌祺心裡鬱積多年的壓抑感終於脫落了，他與自己媽媽間多年來所結的心結，竟都在那一夜，就在那半個小時內，神奇地解開了。

後來馮奶奶繼續進入失智臥床的狀態，照顧她的Angel，常一不小心就被吐了一臉口水。頌祺也會在不經意間，被媽媽吐了滿頭如豆花的口水。

四、冬

接下來，日子又恢復到往常的樣子。馮奶奶獨自一人的時候，口中偶爾會用低抑粗破的嗓音哼唱一首叫「天上的明月光」的歌。Angel因從馮奶奶失智初期便開始照顧她，因此對這首歌也耳熟能詳了，只是從不知它正確的唱法。當馮奶奶不自覺唱這首歌時，Angel便會去逗著她玩。她會先唱頭一句，然後看看馮奶奶還記得多少歌詞。

「天上的明月光……照在那……照在哪裏啊？馮奶奶？」Angel問。

「照在……照在……照在馮靜蕾的屄上！」馮奶奶惡毒地怒斥著，像壓路機輾過沒有感覺的碎石上。

Angel還是開朗地笑笑，然後說：「哎唷！馮奶奶！妳唱錯了啦，妳不記得了嗎？」

接著，Angel好聲好氣的說：「我學會唱這首歌了，馮奶奶！歌詞是這樣的，我唱給妳聽好嗎？」

自從上次馮奶奶奇蹟似的地清醒過一次後，Angel特地上網找到了這首歌，並且學會了正確的唱法。她從柔和的曲調和歌詞中，有如看見了馮奶奶變成了少女的模樣，極其清秀的她正在戰火隆隆聲中奔跑，追趕她失落在戰場上的愛人。在塵土飛揚與瀰漫中似乎隱約瞧見，那個清秀的少女，一手還牽著一個小女孩，另一手抱著一個嬰孩。

過往，Angel對馮奶奶的粗魯言行，往往不以為意。但這次她竟有點心酸。她忽有一股衝動，從心底想要以正確的唱法把這首歌唱一遍。於是，她清了清嗓子，開口唱了起來。

「天上的明月光，照在那大路上，路上的行人，只有我們倆。不要不聲響，不要不聲響，要把那情歌，唱呀嘛唱一唱。唱呀唱呀唱一唱，不要辜負好呀嘛，好月亮，噯喲。」

Angel的歌聲帶著原住民特有的嗓音，有種高挑悠揚的氣質，把國語老歌的懷舊氣息，唱得有如原住民豐收祭的慶典歌謠。歌聲在安養中心的房間裏裊繞，又迴盪至走廊，穿過每一個坐在輪椅上掛著鼻胃管的呆滯老人的耳膜。唱完之後，有幾個老人遲緩地舉起雙手拍掌起來。

「唱呀唱呀唱一唱，不要辜負好呀嘛，好月亮，噯喲。」Angel特別對著馮奶奶再唱這歌的最後一句歌詞，還比出像唱黃梅調的手勢。

「嗳什麼喲！嗳你個屁！」馮奶奶又向Angel的臉吐了口口水。

Angel很自然地閃避，像沒發生任何事一樣。越過Angel肩膀的口水，猶如以慢動作般降落在地板上，消失了蹤跡。

「嘿嘿！馮奶奶，這次妳沒吐到！」Angel向馮奶奶作了個鬼臉，得意地笑著。

就這樣，在雯倩、頌祺和Angel三人私密合作的照顧下，馮奶奶就這樣瘋瘋癲癲地又活了半年左右。在一個有皎潔月亮的晚上，她無聲無息地離開了人世。

後記

本來，我要利用本書文字出一本電子書。而且，我也獨立試了一回，花了一年的時間，學習電子書編輯軟體，自己整理稿件、圖片，運用電子書軟體編輯了一本含影片、圖像和文字的電子書。然後，自己上網去電子書網站傳銷。結果，一年下來，一本也沒賣出去。

我想，這大概有兩個原因；第一，我的編輯有問題，且作品無法吸引讀者。第二，就是電子書市場仍在未定之天，我完全抓不到讀者（市場）所在。也就是我的作品仍不適合以電子書的型態出版。基於這兩點考量，我決定重新出版紙本書，這就是本書出版的由來。所以，書中只保留了文字與圖片，而動態影像就刪去了。

本書原本的嘗試是意圖思索電子書的定位，文字和意念構成文學的境界，而聲音與影像合組電影的世界；希望以文學的境界連同電影的世界來形塑電子書的場域。這是一種思想、媒介、形式與內涵的互文應用，也是一場文字與影音的跨界混搭實驗。不過，事實證明，結果是失敗的。

今天傳統書的市場仍是主流，它仍具有電子書無法抗衡的巨大媚力；書的身體感、質地感，以及讀者對書實體的具有感和操控感，這都是電子書所沒有的特性。基於這個因素，我覺得還是得出版實體書。在一波三折後，我終於出版了這本屬於我個人第三本的詩文小說集，延續了前兩本中所探討的素材和主題，以視像文學為取向，專注在生活、生命與現實事物深層意義的思考，以三種不同的文體呈現，搭配以平日攝影創作的影像，集結成我對於生命之美的思索文集。尚請讀者不吝賜教。

釀文學222　PG1838

天使臉上的口水
──井迎兆幻異詩文集

作　　者　井迎兆
責任編輯　杜國維
圖文排版　楊家齊
封面設計　葉力安

出版策劃　釀出版
製作發行　秀威資訊科技股份有限公司
114 台北市內湖區瑞光路76巷65號1樓
電話：+886-2-2796-3638　傳真：+886-2-2796-1377
服務信箱：service@showwe.com.tw
http://www.showwe.com.tw
郵政劃撥　19563868　戶名：秀威資訊科技股份有限公司
展售門市　國家書店【松江門市】
104 台北市中山區松江路209號1樓
電話：+886-2-2518-0207　傳真：+886-2-2518-0778
網路訂購　秀威網路書店：http://www.bodbooks.com.tw
國家網路書店：http://www.govbooks.com.tw
法律顧問　毛國樑　律師
總 經 銷　聯合發行股份有限公司
231新北市新店區寶橋路235巷6弄6號4F
電話：+886-2-2917-8022　傳真：+886-2-2915-6275

出版日期　2017年8月　BOD一版
定　　價　330元

Printed in Taiwan

國家圖書館出版品預行編目

天使臉上的口水 : 井迎兆幻異詩文集 / 井迎兆
著. -- 一版. -- 臺北市 : 釀出版, 2017.08
面 ; 公分. -- (釀文學 ; 222)
BOD版
ISBN 978-986-445-216-3(平裝)

848.6 106012312

讀者回函卡

感謝您購買本書，為提升服務品質，請填妥以下資料，將讀者回函卡直接寄回或傳真本公司，收到您的寶貴意見後，我們會收藏記錄及檢討，謝謝！

如您需要了解本公司最新出版書目、購書優惠或企劃活動，歡迎您上網查詢或下載相關資料：http:// www.showwe.com.tw

您購買的書名：________________________________

出生日期：________年________月________日

學歷：□高中（含）以下　□大專　□研究所（含）以上

職業：□製造業　□金融業　□資訊業　□軍警　□傳播業　□自由業

□服務業　□公務員　□教職　□學生　□家管　□其它______

購書地點：□網路書店　□實體書店　□書展　□郵購　□贈閱　□其他

您從何得知本書的消息？

□網路書店　□實體書店　□網路搜尋　□電子報　□書訊　□雜誌

□傳播媒體　□親友推薦　□網站推薦　□部落格　□其他__________

您對本書的評價：（請填代號　1.非常滿意　2.滿意　3.尚可　4.再改進）

封面設計____　版面編排____　內容____　文／譯筆____　價格____

讀完書後您覺得：

□很有收穫　□有收穫　□收穫不多　□沒收穫

對我們的建議：________________________________

____

____

____

請貼
郵票

11466
台北市内湖區瑞光路 76 巷 65 號 1 樓

秀威資訊科技股份有限公司 收

BOD 數位出版事業部

（請沿線對折寄回，謝謝！）

姓　名：＿＿＿＿＿＿＿＿　年齡：＿＿＿＿　性別：□女　□男

郵遞區號：□□□□□

地　址：＿＿＿＿＿＿＿＿＿＿＿＿＿＿＿＿＿＿

聯絡電話：（日）＿＿＿＿＿＿＿＿（夜）＿＿＿＿＿＿＿＿

E-mail：＿＿＿＿＿＿＿＿＿＿＿＿＿＿＿＿＿＿